E as estrelas, quantas são?

Giulia Carcasi

E as estrelas, quantas são?

Alice

Tradução
Letícia Martins de Andrade

Planeta

TÍTULO ORIGINAL *Ma le stelle quante sono*

PREPARAÇÃO Gisélia Costa
REVISÃO Bel Ribeiro
DIAGRAMAÇÃO S4 Editorial
CAPA Henrique Theo Möller
IMAGEM DE CAPA Uygar Ozel

DADOS INTERNACIONAIS DE CATALOGAÇÃO NA PUBLICAÇÃO (CIP)
(Câmara Brasileira do Livro, SP, Brasil)

Carcasi, Giulia
E as estrelas, quantas são ; tradução Letícia Martins de Andrade – São Paulo : Editora Planeta do Brasil, 2011.

Título original: *Ma le stelle quante sono.*

ISBN 978-85-7665-601-2

1. Ficção - Literatura juvenil I. Título.

11-01894 CDD-028.5

ÍNDICES PARA CATÁLOGO SISTEMÁTICO

1. Ficção : Literatura juvenil 028.5

Este livro foi composto em Arno Pro para a
Editora Planeta do Brasil em abril de 2011

2011

EDITORA PLANETA DO BRASIL LTDA.
Avenida Francisco Matarazzo, 1500 – 3o andar – conj. 32B
Edifício New York
05001-100 – São Paulo – SP
www.editoraplaneta.com.br
vendas@editoraplaneta.com.br

À Milla e seus sonhos de princesa.

À minha mãe,
aos segredos que nos separaram e uniram.

À Carolina,
aos sorrisos que não poupou.

Ao Giorgio e a todos aqueles
que jamais irão sentir uma emoção.

Às estrelas,
que nos observam em silêncio.

Ao Carlo,
por ter me ajudado a contá-las.

E – por que não? – a mim mesma,
à intensidade com que vivo.

Uma música antiga dizia:
"Você sabe tudo sobre a realidade do mercado, e nisso eu admito ser uma negação. Mas, para inventar o que não existe, talvez eu seja melhor do que você... Você tem dinheiro; eu, a sorte de encontrar flores no lixo. Porque, para encontrar o que não existe, talvez eu seja melhor que você."

Então, é melhor deixar pra lá as contas e os números.
Você sabe dizer quanto amor tem dentro de si? Um quilo? Um litro?
Não sabe, não é?
Então esqueça a matemática.
Invente o que não existe.
Porque o que existe é de todo mundo.
Mas, se você conseguir encontrar o que não existe, então tem algo que é só seu. E se alguém mais enxergar o que só você vê, então encontrou alguém que se entregará.
Não o deixe escapar. Detenha-o! Viva-o! Escreva sobre ele!
As histórias são como as pessoas.
Não são feitas para ficar sozinhas.
Em algum lugar do mundo existe alguém que vive uma história semelhante à sua.
Olhe em volta!
Esse alguém não está tão longe de você.
É a outra metade do livro.
Não perca tempo escrevendo outras páginas...
Procure-o!
O resto, vocês escreverão juntos.
Porque não existe nada mais feliz do que duas histórias que se misturam.

Eu sinto a vida nos pés, no vai e vem de cada dia.

São sete e meia, e estou pronta.

Dou um beijo na minha mãe, outro na Milla, roubo três biscoitos da caixa e como no ponto de ônibus.

Três biscoitos. Nem mais, nem menos.

A corrida habitual para ocupar um lugar livre no ônibus, uma conquista que dura apenas uns instantes.

– Mocinha, pode me deixar sentar? Estou com dor nas costas – o mesmo velho que sempre tenta tomar o meu lugar.

Dou uma olhada em volta; ninguém se levanta, por que eu?

Tento fazer como os outros; mas não há o que fazer, levanto-me e deixo ele sentar.

E agora tudo está completo, não falta nem o meu costumeiro "De nada".

A escola ainda não acordou; o sinal das oito e meia é seu primeiro bocejo.

Prefiro a escola assim, sem os gritinhos e os fricotes das garotas, sem as calças de cintura baixa e as franjas lisas. Prefiro assim, silenciosa como um monte de cimento que dorme.

Sento-me na mureta do pátio, pego a agenda e uma caneta azul da mochila e começo a escrever.

Escrevo histórias para despertar, o que é estranho, porque normalmente as histórias servem para fazer dormir. Ninguém jamais pensou nisso: histórias para despertar, uma grande invenção, uma carga de disposição na primeira hora da manhã, diferente do desjejum de cereais... Haveria menos guerras se as pessoas despertassem com uma história.

"E o vencedor do Nobel da Paz é..."

...Alice Saricca, último ano do ensino médio, o mais bonito, dizem.

Para mim, é igual aos outros, talvez pior, porque é mais complicado, porque todos fazem de conta que são grandes especialistas em sexo e em mentiras. E mais complicado ainda, porque há as provas finais.

Mas, no fim, sobrevive-se a tudo, ao sexo, às mentiras, às provas... É a filosofia do "eu me viro".

Sim, ok, você se vira, mas o que vai fazer com as cicatrizes?

Sim, porque na hora você gosta do fogo, mas corre o risco de se queimar. E eu não quero cicatrizes.

Carolina repete sem parar:

– Você não voa porque tem medo de cair!.

Não tenho coragem de voar, nasci sem paraquedas.

– Assim você não vai voar nunca! – e me explica que na vida é melhor ter lembranças ruins do que arrependimentos.

Eu prefiro os arrependimentos, porque você pode trabalhá-los, pode imaginar o final que mais te agradar; no caso das más lembranças, você já sabe o final. É melhor uma história não resolvida, porque você pode apertá-la entre as mãos e mudar sua forma, como massinha de modelar.

Sim, é melhor desse jeito, eu evito os riscos; nada de sexo, nada de mentiras.

O fogo não é pra mim.

São quinze para as oito.

Aquele garoto também chegou.

Levanta o rosto:

– Oi – e se senta nos degraus. Coloca os fones de ouvido do iPod e começa a jogar a cabeça para cima e para baixo para acompanhar as notas teimosas de uma guitarra. Kurt Cobain, ele sempre escuta Kurt Cobain.

Ele até tem uma camiseta preta com a palavra Nirvana pintada em relevo. Deve ter comprado em algum show.

Teoricamente, não o conheço; na prática, sei tudo sobre ele: Giorgio Battaglia, do 3º B, pele morena, olhos negros, cabelos escuros meio desarrumados e cavanhaque. É alguém que, quando passa, faz você se virar; alguém de outro planeta, que está sempre na dele... E não entendo por que me olha assim.

Às oito e vinte chega também a namorada dele. O que estão fazendo juntos?

Ela tem uma boca emburrada e olhos azuis, mas parados, que não vão longe; olhos que permanecem na superfície. Os dele são outra história completamente diferente.

Ele lhe dá um beijo e, se ela lhe pedir outro, responde:

– Um chega... – e olha pra mim.

Eu me sinto uma intrusa no meio deles, mesmo que entre nós não haja nada; sequer nos conhecemos. Não deveria, mas me sinto uma intrusa do mesmo jeito, porque ele me põe entre eles com seus olhos negros.

A escola solta o primeiro bocejo do dia. Coloco a agenda e a caneta na mochila e caminho em direção à entrada. Sento-me em qualquer lugar, não tenho um lugar fixo, não gosto de me prender.

Por isso tenho poucas amizades; poucas, mas verdadeiras, daquelas que se pode confiar.

Em primeiro lugar, a Carolina. Nos conhecemos há oito anos, e se eu lhe conto um segredo, sei que sua língua ficará bem quietinha dentro da boca.

Carolina tem um ano a mais que eu, e estuda psicologia na universidade Sapienza. Ela quer salvar a cabeça das pessoas. Eu já acho que cada um deve salvar a si mesmo.

As pessoas não acreditam quando nos veem juntas, porque Carolina e eu somos diferentes em tudo, da marca dos sapatos até o creme de cabelo.

Eu tenho os pés de chumbo, ela, não.

Ela é corajosa, eu, não.

Carolina é realmente decidida. Quando descobriu que Marco, seu namorado, estava saindo com outra, foi falar com a outra e percebeu que ela não sabia que Marco já era comprometido. Ele tinha enganado as duas. Então ela teve uma ideia. Dito e feito: elas foram juntas falar com o Marco e lhe disseram que estavam grávidas.

– E agora, o que você vai fazer? – na hora, o que ele fez foi desmaiar. Depois recobrou os sentidos, percebeu que era brincadeira, sentiu-se um verme e pediu desculpas.

– Você é um gênio do mal – eu disse a Carolina quando me contou isso.

– Obrigada, eu sei – ela respondeu, satisfeita.

Mas, vez ou outra, Carolina ainda pensa no Marco. E de vez em quando ele telefona para ela, eles se veem, rola um beijo ou algo assim, depois eles brigam, e ela volta a me dizer:

– É um canalha!

É um canalha, mas ela o ama.

Eu não entendo. Que sentido faz amar alguém assim?

Sei lá, deve ser verdade mesmo. O amor é assim, a gente não sabe que direção seguir, de vez em quando aparece um personagem novo e tudo se complica.

– Chega, Carol, mas o que você vê em alguém como o Marco? É um sacana!

– Ele mudou muito, juro!

Depois ela descobre que aquele muito é pouquíssimo, e que Marco continua o mesmo.

– Acabou, chega! Essa foi a última vez que nos encontramos.

Eu finjo que acredito, mas sei que não será a última, que haverá uma outra, e ainda outra...

Carolina é assim, escuta as ordens do coração e obedece.

Eu, não. Dou ouvidos a mim mesma por inteiro. Toda vez que tenho uma decisão a tomar, acontece em mim uma reunião de condomínio: coração, cabeça, corpo e alma se encontram e se consultam.

Geralmente, é à cabeça que dou mais ouvidos; parece que é a que tem as melhores ideias.

André se senta ao meu lado.

Cabelo com topete à la Beckham, calças rasgadas da Cavalli, camiseta de grife... sapatos Prada, óculos de sol grandões, tipo aviador.

Ele tem um nariz de deus grego, mais falso do que uma nota de três; o pai, que é cirurgião plástico, o refez. André não se sente bem se não estiver transpirando dinheiro – o dinheiro do papai –, se não for tomar um aperitivo todas as noites, se não brigar com os ripongas da escola.

– Aquele velho roubou seu lugar esta manhã também?

Faço sinal que sim com a cabeça.

– Pra mim, ele faz de propósito, não é bem dor nas costas o que ele tem...

André não confia nas pessoas. Ele diz que, no fundo, no fundo, somos todos uns aproveitadores. E que se pode facilmente passar por cima de pessoas como eu.

Carlo chega atrasado, como sempre.

– Carlo Rossi, você está séculos atrasado! – o professor diz.

Ele faz uma cara engraçada e vai para o seu lugar.

As caras que o Carlo faz são incríveis, são de quem não quer te ferrar, de alguém que não conta mentira: nenhum ônibus atrasado, nenhuma chave de casa que não conseguia encontrar, nenhum acidente no caminho, nenhum despertador que não tocou. Uma vez ele disse:

– Desculpe o atraso, mas é que eu estava na cama.

Carlo é assim, transparente como uma garrafa de água, daquela com bolhinhas, que faz cócegas na garganta.

Não é como a Ludovica...

Se Ludovica estiver atrasada, vai inventar as histórias mais absurdas: uma vez, foi um acidente enquanto ela estava no ônibus e teve de descer pra prestar socorro, porque fez um curso na Cruz Vermelha; outra, ela tinha sido parada para uma entrevista em frente à sua casa. Uma entrevista sobre o quê? Não se sabe.

Fico esperando que um dia a Ludovica entre por aquela porta dizendo:

– Desculpe, professor, mas hoje foi o Juízo Final... – ou algo parecido.

E tenho certeza de que todos vão acreditar nela, porque ela diz suas mentiras de forma tão convicta que não dá pra não acreditar.

Carlo se vira e olha pra mim. Suas mãos estão suando; ele segura na capa do livro de grego, gagueja um "o-oi", olha para a minha folha em branco e se vira novamente para o outro lado.

Sua perturbação manifesta-se na velocidade que faz sua língua correr e não o deixa concluir as frases.

André diz sobre Carlo:

– Aquele ali até espuma quando olha pra você – eu ergo os ombros. – Sim, mas você está se lixando pra ele; é um coitado...

Desloco um pouco a cadeira para o lado, espio o rosto de Carlo. Queria dizer a André que me interesso por ele, que se ele tirasse aqueles óculos, se arrumasse o cabelo e se vestisse melhor, haveria uma fila na sua porta.

Mas será que a minha perturbação também é do tipo veloz, será que eu não gosto de me expor? Olho para André e digo:

– É verdade...

Que grande resposta! "É verdade..."!

Você não podia achar alguma coisa melhor, Alice?

Ricci, o professor de latim e grego, passa uma tradução de quarenta linhas para o dia seguinte.

Coloco os livros na mochila e me dirijo à saída da escola. Tiro o celular do bolso e mando uma mensagem pra Carol:

Não vai dar para ir ao cinema hoje.

Tenho que fazer uma tradução quilométrica.

Diga oi ao Brad Pitt por mim.

No visor, um envelope de carta se esconde: *Mensagem enviada.*

Continuo a andar para casa e o vejo ali, do lado do interfone, na frente do portão do meu prédio.

É Giorgio, com a sua camiseta do Nirvana e os fones de ouvido nas orelhas. Por um instante digo a mim mesma: ele veio por minha causa! Depois, me convenço de que não é possível, deve ser por acaso, é inútil criar expectativas.

Carolina me liga bem no momento em que chego diante do portão, na hora que meu olhar se cruzou com o de Giorgio.

O celular toca um samba, mas o volume é tão alto que aquele toque mais parece um chamado para golfinhos.

Giorgio me olha e sorri:

– Você é surda?

Eu queria explicar que deixo o telefone em volume alto porque, se minha mãe me ligar e eu não ouvir, ela vai ficar preocupada.

Mas não explico nada; fico só olhando para ele.

No entanto, *Carolina* fica piscando no visor.

– E aí, você não vai atender?

Não. Fico só olhando para ele, vítima de um encantamento.

– Me dê isto aqui – ele toma o celular da minha mão. – Alô?

– Alô? Quem fala? – Carolina pergunta.

Estico a mão e tento retomar o controle da situação.

– Devolva meu celular.

Ele coloca o dedo na frente da boca, como para dizer "shh... calma! Eu cuido disso!", e me dá uma piscadinha.

– É o Giorgio! Você está procurando a Alice?

Ele disse "Alice"! E concluo que se ele sabe meu nome, não está aqui por acaso.

– E você, quem é? – pergunta Carolina, que se sente em casa em situações estranhas. – Você roubou o celular dela?

– Não, não. Alice está aqui na minha frente.

– Bem, diga a ela pra não vir com história... Vou passar para buscá-la às quatro e vamos ao cinema.

Ele me olha, tapa com a mão o microfone do celular:

– Ela vai passar para te apanhar de qualquer jeito. Você tá roubada!

– Diga a ela que não posso! Se amanhã Ricci me chamar para falar da tradução, o que vou contar para ele? Falo de Brad Pitt?

Giorgio tira a mão do microfone:

– Não, a Alice não pode. Hoje ela vai sair comigo.

Carolina insiste:

– A desculpa de que precisa estudar desta vez não cola.

– Não, na verdade não é por causa da tradução, é que ela vai sair comigo hoje.

Eu arregalo os olhos, e sorrio.

Para Carolina as contas não batem:

– Mas quem é você? Aquele tipo esquisito que está na sala dela?

Fico branca, e penso que ela não podia ter achado um momento pior pra puxar o assunto do Carlo.

Por sorte, Giorgio não percebe e segue em frente.

– Não, eu não estou na sala dela. Mas, de qualquer forma, hoje à tarde Alice vai sair comigo – ele repete. E desliga.

Giorgio me devolve o celular; eu lhe devolvo um sorriso.
– Você se vira bem com as mentiras – eu lhe digo.
– Que mentiras? Venho te pegar às quatro.
Ele apanha a mochila e vai embora.
Eu também apanho a minha e entro no prédio.
O celular ainda está quente, tomado pela sua respiração.
Mando uma mensagem para Carolina:

Tenho que fazer uma tradução quilométrica
e depois tenho que sair com um cara lindo...

São três e meia da tarde.

Minha mãe passeia pela casa com Camilla no colo.

Camilla é a minha irmã, Milla, e eu sou a sua "Lice".

Basta que ela diga "ma-mãe" para ganhar um "muito bem!" e fazer todos sorrirem. É só ela bater palmas ou cantarolar uma musiquinha com a colher de café como se fosse um microfone e todos ficam babando.

Pra mim, tudo é "você-não-deve": não devo perder tempo, não devo chegar tarde, não devo beber, não devo fumar, não devo me drogar, não devo sair sem permissão, não devo andar de moto com Carolina.

Não consigo acreditar que, um punhado de anos atrás, eu também era assim, que tudo era fácil, bastava bater palmas... Mas o tempo corre rápido e não manda aviso, não diz que está prestes a te alcançar e te deixar para trás.

Milla continua agarrada aos ombros da minha mãe.

Eu acabei de concluir a tradução.

Releio o texto e não consigo entender seu sentido, são apenas duzentas palavras reunidas. Não dá pra fazer melhor do que isso em meia hora.

Tomo uma ducha relâmpago, vou para o meu quarto, abro o armário.

Daqui a quinze minutos Giorgio estará aqui.

Aonde será que nós vamos?

Não sei.

E também não sei o que vestir.

Não sei nada!

Reviro o armário, cabide por cabide, aproximo as cores umas das outras, abro as gavetas e tiro tudo de dentro, mesmo as roupas esquecidas, aquelas que cheiram a naftalina e que talvez já não me caiam bem.

O interfone toca.

– Alice! – berra minha mãe do corredor. – Um tal de Giorgio está te esperando lá embaixo. Quem é ele? Aonde você vai?

Giorgio chegou!

E eu ainda não sei o que vestir.

– Alice?

– Oi, mãe! – respondo rápido e alto como um soldado em posição de sentido. – É um menino da escola, Giorgio Battaglia, 3º B.

– Onde ele mora? Me deixa o número do telefone dele?

E me dou conta de que não sei nada sobre ele.

– Alice, quer me responder?

– Ele mora aqui do lado, eu não sei o número...

– Como não sabe? Mas você o conhece?

– Conheço, mãe! Só não sei o número do telefone nem o endereço completo...

E ainda não sei o que vou vestir.

– O que você está pensando, Alice? E se acontecer alguma coisa e o seu telefone não estiver funcionando, como é que eu faço para te encontrar?

– Hoje, de qualquer forma, eu volto cedo... quando chegar, forneço todas as informações que quiser – e volto os olhos para o armário.

– Você não vai a lugar nenhum – ela sai do meu quarto.

Sigo minha mãe pela casa só de calcinha e sutiã, tentando convencê-la, e repito, bufando:

– Você é pior do que o FBI!

Fazemos um trato.

São quatro e meia.

O som de uma buzina impaciente sobe do portão.

Coloco jeans, uma camiseta branca um pouco justa e sem mangas, cinto, brincos de pérola, hidratante transparente e batom cor de terra nos lábios. A habitual pincelada de blush, cabelo preso, duas borrifadas de perfume no pescoço, meias coloridas, tênis e... Vou nessa, estou pronta.

Pego o celular, dou uma olhadinha no espelho. "Coragem!", digo a mim mesma, abro a porta e desço.

Desço as escadas correndo e alcanço Giorgio.

Não lhe dou tempo sequer de me cumprimentar.

– Escuta, se quiser que eu saia com você, tem de me dizer onde mora e deixar seu telefone!

– Como? Está brincando?

– Não, é minha mãe.

Ele resmunga e escreve numa folhinha.

Subo correndo as escadas de volta, toco a campainha, entrego a folhinha à minha mãe.

– Toma!

Ela sorri, sua filha é uma ótima garota. Me dá um beijo e diz:

– Você está muito bem – mesmo depois de três andares de escada e eu ofegante e com a maquiagem borrada.

– Paguei o maior mico. Se ele não quiser mais sair comigo, a culpa é sua!

Ela ri, e eu não entendo por quê.

Fecho a porta, desço as escadas outra vez e volto para perto dele.

Giorgio está lá.

Está com os óculos de sol espelhados, jeans e camisa branca.

As cores claras lhe caem muito bem.

Pegou emprestado do pai o Alfa 147 preto.

– Vamos dar no pé, antes que sua mãe me peça o CPF... – e esboça um sorriso, mas vejo que está pensativo.

Digo a ele que fique tranquilo, que se eu voltar pra casa na hora do jantar, ninguém vai telefonar.

Não entendo por que está tão preocupado.

Vou entender quando for tarde.

E, em parte, jamais entenderei.

Vamos à Via del Corso.

O Alfa ficou no Lungotevere, porque não temos permissão para entrar no centro.

Assim, ainda precisamos andar um bom pedaço a pé.

Agradeço a mim mesma por ter calçado o Nike... Foi uma ótima ideia.

Ele fica escarafunchando as vitrines e eu faço de conta que as observo também... Se gosta de uma camiseta, tem que entrar para experimentá-la, e depois aquela calça, e depois aquele boné...

– Você é vaidoso como uma mulher!

– E você é séria como um homem!

Passamos a tarde a nos atormentar.

Depois, paramos na Fontana di Trevi. As pessoas costumam parar nesta fonte para beber água e fazer um desejo.

– Espere um instante! – eu digo.

– Vai jogar uma moedinha? – Giorgio pergunta.

Sim, é verdade, porque se você se virar de costas, fizer um pedido e jogar uma moedinha, dizem que seu desejo se realiza. E ainda tem outro ritual: os casais que beberem do lado esquerdo da fonte serão sempre fiéis. Lendas...

– Não, eu não acredito nessas coisas. Só estou com sede.

Me aproximo da fonte devagar, prestando atenção para apoiar bem os pés e não escorregar.

Olho para ele com os lábios molhados.

Giorgio me olha:

– Eu também estou com sede – aproxima-se e me beija.

Na hora fico ali, imóvel, naquele beijo, depois me livro e recomeço a andar.

– O que foi?

Não sei. Dentro de mim havia outra reunião de condomínio, e um deles decidiu que eu devia me afastar dos lábios dele. Não sei qual dos quatro decidiu, se o coração, a mente, o corpo ou a alma...

– Quer me dizer o que foi? – ele grita.

E eu detesto gente que grita!

– Não grite! – agora eu estou gritando. – Não faz sentido aquele beijo.

– Como não faz sentido? Eu gosto de você, eu te beijo.

Para Giorgio, tudo é fácil: eu gosto de você, eu te beijo.

Lógico, né? Mas não!

Não é lógico, porque eu não consigo não me colocar na pele dos outros, do velho do ônibus que quer se sentar, na pele da minha mãe, que quer saber com quem sua filha sai, na pele da namorada do Giorgio, aquela dos olhos na superfície.

– Sabe, pensei que, se eu fosse a sua namorada, não estaria muito feliz neste instante sabendo que você estava beijando outra, que por sinal era eu...

– Mas você não é a minha namorada.

Agora sou eu quem não entende.

– Você complica tudo – Giorgio diz.

Minha mãe também.

Carolina também.

Ok. Vocês têm razão, eu complico tudo.

Voltamos para o carro.

Calados, abrimos as portas, entramos e nos sentamos. Giorgio coloca uma música de Kurt Cobain, *Come as you are*.

Interrompo o CD.

– Detesto gente como você – e penso no Marco, penso que eu não; eu não quero dar uma de Carolina, não quero dizer "Ele é um canalha, mas eu o amo!".

Giorgio dirige com atenção e para no sinal vermelho.

Numa moto vespa ao lado um rapaz ajeita um suéter azul-claro nos ombros, dá risada e promete, no celular, que em cinco minutos estará chegando para vê-la.

O sinal volta a ficar verde. O rapaz se manda. Está com pressa de encontrá-la.

Giorgio arranca com calma.

– Sei como essas coisas funcionam, Alice. Agora você me detesta, amanhã vai mudar de ideia.

– Não conte com isso, eu nunca mudo de ideia.

– Escuta, a garota da escola não é importante, é uma história que se arrasta há alguns meses, praticamente acabada. Ela sabe que hoje a gente ia sair.

Eu me sinto culpada por ter duvidado da honestidade dele.

– Agora é a sua vez. O que pensa de NÓS?

Tenho de pensar em NÓS, porque EU E VOCÊ é uma coisa, mas NÓS me assusta um pouco.

– Sei lá, eu gostaria de conhecer você melhor antes de... Enfim, vamos sair outras vezes, e então a gente vê no que vai dar.

Me dou conta de que falei justamente como a minha mãe, que toda vez repete:

– Se forem rosas, irão florir.

E me sinto uma idiota, alguém que está por acaso nesta geração.

Alguém que complica tudo.

– Então, como é que foi com o cara? – Carolina pergunta ao telefone.

– Humm...

– O que quer dizer 'humm...'? É algum mugido?

Explico que a tarde não foi assim uma grande coisa. Giorgio é daqueles que vão logo tomando a iniciativa.

– Que bom! É exatamente de um desses que você precisa! Alguém que não te dê tempo sequer de pensar e faça uma marcação cerrada.

Explico a ela que eu tenho um ritmo próprio, e que pedi a Giorgio pra ir com calma, para nos conhecermos melhor.

– Por que você fez isso? Chega, Alice! Arrisque-se! Você não consegue saltar se não tiver um colchão embaixo?

– E se depois eu me estatelar no chão?

– Se você cair no chão, vai se machucar um pouco, e amém.

Depois começam as perguntas, as de sempre, que têm sempre as mesmas respostas.

– Com quantos rapazes você já ficou?

– Nenhum – e faço uma careta.

– E você se sente mais forte agora que fugiu de todas as relações possíveis e imagináveis?

Não, ainda tenho medo, porque quando a gente fica adiando as coisas, se enche de expectativas e de medo que elas sejam frustradas.

Eu adiei tanto o encontro com um rapaz, que agora fico esperando o príncipe encantado chegar montado num cavalo branco.

O que é bem improvável... Ele vai chegar numa vespa, ou talvez num Alfa 147, mas não exatamente a cavalo...

– Então, Alice? Você não acha que está na hora de arriscar?

Desligo o telefone, sento-me à escrivaninha e tento arrumar a tradução, tento lhe dar um aspecto mais lógico, a falsa ordem de quem amontoa as roupas e as tranca no armário. Pergunto a mim mesma se alguma vez já fui para a escola sem ter feito uma tradução, se alguma vez me apresentei para uma prova oral sem saber tudo exatamente, se alguma vez fui pega desprevenida, se alguma vez precisei dar desculpas, se alguma vez matei aula...

A resposta é "NÃO!".

Não porque sou competente, mas por sentir medo.

Então, acho que está na hora de fechar o livro da tradução e ir ver TV, ou escutar um pouco de música, assim, sem pensar em nada.

Aumento o volume do som.

Rádio Subasio 94,5: Ligabue está cantando *Piccola stella senza cielo*.

Não é uma música nova, mas mantém o seu fascínio, como aquelas mulheres que envelheceram bem.

Então, pergunto a mim mesma: "Alice, não acha que é hora de arriscar?"

As provas orais são uma roleta russa: ficamos em silêncio, e nos passam a pistola carregada.

Hoje há três balas dentro dela, e uma delas talvez seja para mim.

Ricci abre o diário.

A adrenalina sobe dos pés, vai galgando as veias e se acumula no estômago.

Aperto o gatilho e não sai nada. Estou salva!

Uma descarga de adrenalina.

– Paolo, André, Carlo – coube a eles as balas de hoje. Paolo arranca um 7, André fica no 5, Carlo banca o palhaço e leva um reles 6.

Carlo bancando o palhaço? Carlo levando um 6?

Impossível...

Faz uns dias que Carlo mudou: se arruma de um modo ridículo, com a cueca aparecendo, as calças limpando o chão, camisetinhas cheias de palavras estranhas impressas, com o cabelo em pé e colares de bolotas de aço. Dessa forma, não é mais ele.

Em poucos dias ele se juntou com os tipos mais populares da escola; basta ter o olhar apagado e a camiseta certa para merecer a amizade deles.

Toca o sinal para o intervalo. Carlo está perto da máquina de café e dá uma de frouxo com a Ludovica.

E ela faz com ele o que bem entende.

Fico imaginando quais histórias absurdas ela está lhe contando para conseguir domesticá-lo; talvez a daquela vez que foi para Vallelunga correr de moto com o seu ex, ou de quando foi estudar na Inglaterra e conheceu o filho de um príncipe árabe que queria se casar com ela e cobri-la de ouro e diamantes. Ou da vez que estava surfando em Santa Severa e viu a barbatana de um tubarão que se aproximava, ela prendeu a respiração por uma hora para se fingir de morta e o tubarão foi embora.

E eu me pergunto: como se faz para prender a respiração por uma hora? Mas sou a única que me pergunto isso...

Carlo sorri interessado e continua a escutá-la.

Acho que o meu amigo teve o mesmo fim de Kafka, que um dia acordou transformado em barata.

Esperemos que alguém não o esmague.

Duas mãos chegam por trás e tapam meus olhos.

– Quem é?

Para mim não é difícil saber de quem é aquela voz rouca. Giorgio. Mas eu finjo, para deixá-lo satisfeito.

– Não sei, quem é?

Então ele tira as mãos dos meus olhos e se coloca na minha frente.

Olho pra ele, finjo desinteresse e digo:

– Ah, o cara com quem saí ontem à tarde...

E ele não perde a oportunidade.

– ... e com quem sairá hoje.

Às quatro e meia, embaixo do meu prédio.

Desta vez não vou chegar atrasada, eu juro!

Abro uma barrinha de cereais, meu almoço.

– Você não vai comer? Depois passa mal.

É o meu pai, sempre preocupado com minhas refeições.

Coloca na minha frente três fatias de carne assada com purê de batata.

– Agora, sente-se e coma com a gente.

Explico a ele que já comi uma barrinha e me sinto satisfeita, mesmo que escutando o eco dentro do meu estômago.

Fecho-me no meu quarto.

Coloco o CD de Gianna Nannini no som.

Faixa n. 9: *Bello e impossibile.*

Eu gosto dessas músicas que fazem barulho, que fazem a gente se sentir apaixonada, mesmo que você não esteja. Ouço *Bello e impossibile* e me convenço de que estou apaixonada, sim, estou apaixonada, mas por quem? Pelo Amor talvez, aquele com A maiúsculo, que a gente não encontra nem a preço de ouro.

O refrão é mais alto:

Giram as estrelas na noite
E eu penso em você e te quero muito, muito, muito!
Belo, belo e impossível, com os olhos negros e teu sabor de Oriente Médio.

Estou cantando a plenos pulmões quando meu pai berra lá da cozinha:

– Se você pretende ser cantora, está se saindo mal...

Digo a ele que não se preocupe, que serei escritora, serei uma grande escritora. E sorrio.

E o refrão volta.

Belo, belo e invencível, com os olhos negros e a boca para beijar.

Sinto ainda mais. Sim, estou apaixonada.

É fácil pensar em Giorgio, que está para chegar, que está mais perto, mais ao alcance da mão do que o Amor.

São quatro e meia.

Giorgio chega na hora.

Dá uma buzinada e um toque no celular para me dizer que está lá embaixo.

Encontro minha mãe na sala.

Ela está assistindo a um daqueles programas idiotas em que três pessoas são pagas para inventar uma história e brigar entre si, mesmo que poucos minutos antes nem se conhecessem.

– Vou sair!

– Com Giorgio?

– É. Por que você está torcendo o nariz?

– Não torci o nariz!

Em seguida me diz para ter cuidado e ir devagar.

– Olha, a gente nem está junto...

Ela me olha da cabeça aos pés, e depois volta a ver TV.

– Faça como achar melhor. Já que não é uma coisa séria...

Beijo-a na bochecha:

– Calma...

Ela não acredita em mim. Talvez nem eu.

Vamos ao Eur; não ao lago nem à Avenida Europa.

Percorremos todas as ruazinhas secundárias dos arredores.

– A Carolina e o Marco estão na Trattoria Al 19, vou apresentar você a eles.

– Fica pra próxima vez – ele me promete; não quer estar com outras pessoas.

Caminhamos durante uma hora e ele não parou de falar por um instante: das suas férias no Giglio, da sua ex, aquela que está na nossa escola, dos seus amigos, das suas partidas de futebol soçaite...

– Vamos nos sentar?

Hoje estou de sandálias e me sinto como a Pequena Sereia dos irmãos Andersen: cada passo é uma punhalada.

Sentamos nos degraus do Coliseu quadrado, aquele que parece uma fatia de queijo suíço e que eu, quando era pequena, chamava de "o prédio dos buracos".

Conto-lhe de quando meu pai me trazia àquele lugar para brincar e eu me divertia fazendo um gol muito fácil contra ele.

Giorgio olha para mim, finge bocejar.

– Existe um jeito de te fazer ficar quieta?

Faço-o ver que tive que aguentar suas histórias idiotas sobre o Giglio, sobre a sua ex, sobre os seus amigos, sobre as partidas de futebol soçaite.

– Você tem um coração de pedra! – digo, bufando.

Ele pega minha mão e a coloca sobre o peito.

– Você acha que as pedras batem assim tão rápido?

A batida está acelerada.

Olho para ele fixamente e deixo minha mão um pouco ali, sobre seu peito. Penso que precisaria de muito pouco para beijá-lo.

Penso, mas não ajo; a prática é o meu problema.

– Bem, quando rolam, sim... – respondo, e me convenço de que tenho um talento especial: o de dizer as coisas erradas nos momentos certos.

Bato em seu peito, faz um barulho surdo:

– Sim, é mesmo de pedra...

Ele se aproxima e me beija. Desta vez não fujo.

Os lábios de Giorgio convidam os meus para dançar, mas os meus não conhecem bem os passos, são bailarinas de primeira viagem, que observam os dele e tentam imitá-los.

Não é fácil pegar o ritmo...

– Ai! – ele diz, e se afasta. Primeiro fico muito vermelha, depois verde, pior do que um semáforo.

Queria dizer a ele que os meus lábios não sabem dançar, nunca tinham dançado antes de hoje.

Depois me lembro das lições de Carolina:

Regra número 1: Jamais dizer a um cara que ele é o primeiro.

Ele vai se sentir como alguém que venceu uma corrida. Vai sentir que tem você nas mãos e vai se aproveitar disso. Pode apostar.

Eu e Giorgio ficamos calados por um tempo, cada um com a boca em seus lugares próprios.

Então, ele quebra o silêncio com aquela pergunta:

– Você nunca beijou?

Regra número 1: Nunca dizer a um rapaz que ele é o primeiro.

Eu me faço de desentendida, que é melhor.

– Não, não é isso. É que não tive muitas histórias – e acho que vou me safar assim, dizendo "não muitas", em vez de "nenhuma".

– Bem, então dá pra ver que o seu ex era uma morsa, e que vocês se beijavam com os dentes... – e ri.

– Do que você está rindo? – e percebo que Giorgio não é um príncipe, porque um príncipe não zombaria de mim porque não sei beijar.

Apanho minha bolsa e ameaço ir embora.

– Aonde você vai, boba?

Me dá uma vontade louca de arrancar aquele sorrisinho da cara dele.

– Eu vou aonde quiser. E, depois, chame a sua irmã de "boba"!

– Eu sou filho único!

– Então a sua mãe! – e vou-me embora.

Giorgio me segue, ri, sacode a cabeça.

– Não, Alice, assim não vamos bem, essas coisas não se dizem; nunca coloque os pais no meio.

– Você é um canalha!

– E você é linda!

Ele está brincando... Eu, não.

– Me leve de volta pra casa! – eu ordeno.

– Não.

– Tudo bem, eu pego um ônibus! Mas nunca mais fale comigo!

E me dirijo para o ponto.

– Você é mesmo uma menininha.

Dou um sorriso forçado.

– *Adieu*! – e subo no 714.

Ele sorri e me segue com as palavras.

– De qualquer forma, você não me escapa! – e sacode a cabeça; ele já sabe que este não é o único, o último adeus. Sabe que existirão outros.

Eu me sento nos bancos do fundo e olho para ele pela janela.

Fico olhando o quanto posso, até ele se transformar num ponto minúsculo... e desaparecer.

Ele fica ali no ponto, parado, enquanto eu me afasto.

Penso nos seus olhos cor de piche; já sinto necessidade de me lembrar deles... Deus, por que o fez assim tão bonito?

Giorgio não vai escrever uma mensagem para me reconquistar.

Ele é desse jeito, alguém que não deixa rastros.

A gente se vê na escola no dia seguinte. E no outro. E no outro ainda.

Ele continua a falar com a sua ex-namorada.

Eu fico aqui, na minha sala, chego até a porta e o sigo com o olhar.

Eles falam sem parar, não sei sobre o quê. Não consigo escutar.

Eu os espio e me sinto um pouco envergonhada...

Não se tocam, não existe contato, isso faz com que eu me sinta melhor.

O sinal toca para o fim do intervalo.

Os rapazes do primeiro ano acabam de comer o lanche apressadamente e voltam correndo para a sala.

Os do último, não. Já sabem como funciona, não renunciam a outro beijo, a um segundo *capuccino*, a uma última tragada no cigarro. Aprenderam que a vida nunca deve ser levada muito a sério, nunca com pressa. Só o amor, somente isso eles consomem como os lenços de papel: usam e jogam fora.

André não volta para a sala e se aproxima. Levanta a manga da camisa e finge olhar a hora, só para mostrar o Rolex.

– Está sozinha hoje?

– Sim – enquanto isso fico procurando com os olhos Giorgio e a ex-namorada. Não estão mais lá, eu os perdi!

– Em que você está pensando?

– Em nada! – respondo sem pensar, e logo mudo de assunto. – O que você fez sábado à noite, André?

Esteve com uma garota. Conheceram-se na balada do Goa. Dançaram por algumas horas, foram beber algo em um bar descolado e, depois, não se sabe como, acordaram abraçados no carro de André, com as roupas desalinhadas e as calças abaixadas.

– Em resumo, fizemos sexo.

– No carro?

– E onde mais? Meus pais estavam em casa, e ela também mora com os dela.

– Deve ser desconfortável.

Ele diz que não, que dá pra fazer, basta ter assentos reclináveis. Claro que você vai ficar com as costas um pouco travadas e tem que tomar cuidado com os guardas, mas é só colocar uma folha de jornal no painel e o jogo está pronto.

– Desculpe, mas por quê? Onde você transa? – ele me pergunta.

Penso na minha primeira vez, e prometo a mim mesma que não acontecerá jamais num banco de carro abaixado, que pelo menos a primeira vez tem que ser mágica, porque eu vou me lembrar dela por toda a vida.

Penso, mas não digo.

Hoje em dia é um crime dizer isso.

"Eu sou virgem!" Todos vão lançar os olhos sobre você e vão ficar achando que você não é normal ou que ninguém te quis. Não entendem que é possível escolher, que se pode dar tempo ao corpo.

Poupo-me esse esforço e dou a entender ao André que eu também transo, sim, que transo desenfreadamente, mas não no carro. Com quem eu transo?

Bem, não posso te dizer.

– Você não o conhece...

Não pode mesmo conhecê-lo, nem eu o conheço.

Depois, André retoma a narrativa da sua história e diz que, assim que olhou bem na cara daquela garota, levou um susto e a deixou.

– Era um monstro, mais feio que o Shrek! Antes, parecia uma fada, depois, acordei com essa bruxa ao meu lado... – o álcool prega umas peças feias...

Ricci entra na sala e com ele todas as ovelhas voltam ao curral. Cada um se senta em seu próprio lugar; Ricci trouxe a tarefa de latim. Enquanto Silvia Di Giosio distribui as folhas, quero saber como acabou a história de André.

– Bem, então você se arrependeu?

– Não, não, a transa foi excepcional.

Eu prometo a mim mesma que jamais vou transar no carro, e o farei lúcida, assim não haverá surpresas ao acordar.

Silvia Di Giosio entrega a tarefa para cada um e comenta:

– Muito bom, Carlo!... Que pena, André!... Sinto muito, Paolo! – compartilha tudo conosco como se fôssemos seus amigos, como se ela quisesse o bem de todos, sem exceção.

– Parabéns, Alice! – e sorri.

Ela nasceu mentirosa, sabe que a detesto, e eu sei que ela me detesta.

Até já lhe disse isso, naquela vez em que me sugeriu uma resposta errada:

– Você é nojenta, Silvia. Fez de propósito!

Eu acho que todo mundo nasce com algo faltando.

Silvia nasceu sem sinceridade.

André, sem arrependimento.

Ludovica, sem calcinha.

Carlo, sem máscara.

Eu, sem paraquedas.

E Giorgio?

Bem, ele nasceu sem mim.

Gosto de pensar nele dessa forma, como uma parede com uma rachadura.

E eu serei o seu reboco.

E ele o meu paraquedas.

Sim, tudo bem, mas se ele não me telefona, como vou voar? Não sei, e, por enquanto, permaneço no chão.

– Alice, você pode descer e perguntar ao inspetor se ele pode fazer vinte fotocópias destas anotações sobre Catulo?[1] – Ricci me pede.

São anotações de quando ele estava na universidade, folhas que nenhum ser humano tem condições de ler.

– Claro, professor! – e fujo. Dou um passeio pela escola, pego um café na máquina, vou ao banheiro e depois desço ao térreo, na frente da diretoria.

O inspetor não está lá.

Falo com a secretária:

---

[1]Caio Valério Catulo (84-54 a.C.), poeta romano do final do período republicano, integrante do chamado grupo *Poeta Novi.* (N. T.)

– Onde está o Massimo?

Ela responde que ele foi consertar as lâmpadas do ginásio, que é preciso esperar um pouco, e que tem um outro rapaz também esperando para tirar cópias.

E acho que esse outro rapaz é Giorgio.

São sensações, não dá para explicar.

Eu me viro de repente.

– Alice, você tem que respeitar a vez, eu estou na frente.

É ele.

Respiro fundo e faço um aceno com a mão, quase um cumprimento.

– Você também?

Sim, é verdade, mostro-lhe as folhas do Ricci.

– Esse aí escreve como um *serial killer*!

Eu sorrio e pergunto quando foi que ele viu como um *serial killer* escreve.

– Humm... mas eu acho que os *serial killers* escrevem assim.

– E você?

Ele me mostra as perguntas de literatura que Malari vai fazer amanhã à turma do primeiro ano.

Meus olhos se iluminam:

– Tive uma ideia.

E ele diz que as minhas ideias o assustam.

– Vamos! Faça uma boa ação! – procuro convencê-lo.

Nesse meio tempo, Massimo chega, pega as folhas com as questões de literatura.

– Quantas cópias devo fazer?

Giorgio diz logo:

– Vinte e três!

Olho para ele com ar de desafio e digo:

– Vinte e quatro!

– Decidam-se: vinte e três ou vinte e quatro?

Giorgio responde de novo:

– Vinte e três!

E eu, de novo:

– Vinte e quatro! – não desisto da minha ideia.

– Tá bem, faço vinte e quatro... mas façam um acordo – diz o coitado do Massimo.

Apanho a cópia extra e coloco debaixo da camiseta.

Giorgio apanha as outras vinte e três e desaparece.

Penso que, como final, isso é ruim; ele podia pelo menos ter esperado que eu fizesse as minhas cópias.

Entrego para o Massimo as anotações de Ricci:

– Quero vinte destas.

Pego as minhas cópias, agradeço e vou voltando para a minha sala. Passo diante dos vestiários do ginásio, dos depósitos dos funcionários...

Uma mão agarra meu pulso e me puxa para dentro.

Logo depois, fecha a porta.

Giorgio é assim, te pega de surpresa.

Ficamos ali, fechados naquele cubículo de meio metro, com os escovões nos espetando as costas e os trapos atrapalhando nossos pés.

Ficamos ali apertados, com nossos corpos colados, mas é uma proximidade que não exige coragem, uma proximidade forçada, porque aquele é o espaço que existe.

– Vou indo, senão o Ricci vai achar que desapareci – coloco a mão na maçaneta da porta.

– Vai embora sem se despedir?

Dou-lhe dois beijos no rosto:

– Pelo menos estes eu sei dar...

– Eu acho que você só precisa de um pouco de prática, e depois também vai saber beijar na boca. Se quiser, posso ser sua cobaia...

Por um instante, eu me esqueço da regra número um.

– Sabe, é que eu nunca beijei...

Ele diz que gostou de saber disso, e que já tinha percebido. Depois, acrescentou:

– Bom, então vamos tentar dar direitinho esse primeiro beijo...

Percebo que tenho de manter os dentes longe e usar somente os lábios. E gosto, sim; desta vez eu gosto. Fico sem fôlego, suas mãos agarram meu quadril, e eu também sinto vontade de me apertar contra ele, de acariciar seus cabelos.

A porta do quartinho se abre ligeiramente.

Consigo ver Ludovica; ela está falando com Massimo.

– Você viu a Alice, aquela da minha sala?

Massimo lhe diz que eu fiz as fotocópias uns dez minutos antes, e depois não sabe que fim levei.

Agarro-me ainda mais a Giorgio e imploro à porta que fique daquele jeito, que não abra nem um centímetro a mais.

Mas a porta não me dá ouvidos e, rangendo, se abre.

Saio do quartinho com a cara vermelha e ofegando.

Ludovica me olha desconfiada:

– Ricci acha que você sumiu.

Depois examina Giorgio de cima a baixo, escarafunchando-o da cabeça aos pés:

– Muito bom, Alice Saricca...

Giorgio limpa a boca com as costas da mão e lhe responde imediatamente:

– Olha, a gente não estava fazendo nada. Alice se sentiu mal depois que fez as fotocópias. Achou que ia desmaiar. Eu a acompanhei até aqui e a ajudei a lavar o rosto.

Fico contente que ele tenha encontrado uma mentira para mim, porque eu jamais seria capaz de encontrar uma assim tão boa. Os olhos de Ludovica continuam a observá-lo, e é como se dissessem: "A mim você não engana...".

Mas mesmo que os olhos falem, as bocas ficam caladas.

Ludovica me diz:

– Vai logo! – e sobe de volta para a sala.

Peço a ela para me esperar, é melhor subirmos as duas juntas e contar a mesma história.

Digo "Obrigada!" em voz alta ao Giorgio, depois me aproximo do seu ouvido:

– Me dê três dias, e vou me tornar a rainha do beijo.

Verifico se ainda estou com a folha com as questões de literatura sob a camiseta. Sim, ainda está lá.

Subo as escadas e entro na sala.

Ludovica está falando sem parar com Giada. Já sei que estão falando de mim, de Giorgio, do quartinho. Gosto de pensar que o mundo sabe disso. Alice Saricca finalmente encontrou o garoto certo, aquele que todas desejariam.

Mas agora é dela.

Dela.

Elas que fiquem longe dele.

Pego as fotocópias e distribuo; Carlo faz um aviãozinho com a dele; Ludovica arranca um pedaço da sua e cospe nela o chiclete; Paolo começa a cortar a dele em várias tirinhas; e André me pergunta:

– O que eu faço com isso? Limpo a bunda? – eu respondo que é uma boa ideia, na falta de outra melhor...

O sinal toca, o dia acabou.

Pego minha mochila e vou para a porta do 3º B, faço sinal para Giorgio sair.

– Vamos!

Mas ele leva séculos.

– Ande logo, não vai dar tempo!

Ele se decide e desce. Descemos as escadas juntos e vamos para a frente da sala do primeiro ano.

– Eles vão fazer uma estátua para a gente – eu digo.

Da porta sai um rapazinho de quinze anos, com roupa de homem e cara de menino.

– Amanhã, o Malari vai dar essas questões para vocês. Faça isso circular – e lhe passo a folha com as questões da tarefa de literatura. Os olhos do rapazinho brilham e ele imediatamente passa a informação adiante, e muitos olhos se conectam e se iluminam todos juntos, como luzes de uma árvore de Natal.

Eles me dizem que sou grande, "melhor que Robin Hood!". Eu os cumprimento e digo a Giorgio:

– Vamos! – e nos dirigimos para a saída.

Olho para ele como quem diz "Viu só?", mas ele apaga todo o meu entusiasmo...

– Se te descobrem, você está frita.

E eu não entendo. Por que "você está frita" e não "nós estamos fritos"?

Ele não está do meu lado.

Não quero estragar meu dia com um pensamento triste. Hoje é o dia do meu primeiro beijo, meu primeiro beijo pra valer. Então, faço de conta que não escutei, olho para Giorgio e me tranquilizo.

"Que importância tem... É preciso arriscar para ter um pouco de felicidade."

Eu disse isso mesmo: "É preciso arriscar", e não acredito em mim mesma.

Nós namoramos assim, dentro de um quartinho de depósito de escola, em um barzinho desconhecido, em uma ruazinha secundária; nos chamamos com o som de uma buzina, com o toque de um celular. Nunca no Al 19, nunca pelo interfone, nunca uma mensagem... Não era conveniente deixar vestígios.

– Para que você precisa mostrar que estamos juntos? – Giorgio me perguntava.

Para nada... Para eu me sentir menos invisível... Para nada.

Não era conveniente namorar diante de qualquer outra pessoa.

– Você tem vergonha de mim? – e eu pensava que talvez não fosse adequada, que fosse muito pouco para ele.

Muito pouco porque eu complico tudo, e ele é alguém que sabe viver; ele tem os olhos de piche e Deus o fez desesperadamente bonito.

– Não! – ele respondia decidido.

E, então, por quê?

– Não quero fazer a Sara sofrer.

Sara, sua ex-namorada, a garota dos olhos na superfície.

– Mas desse jeito é a mim que você faz sofrer...

– Só que você é forte, você compreende essas coisas – ele dizia.

Sim, eu sou forte... Sou de pedra... E compreendo essas coisas.

Eu, que me coloco na pele de todo mundo, não na minha própria; da minha, eu esqueço.

Mas, de vez em quando eu me cansava de vestir aquelas peles usadas, que pertenciam a outros e não eram do meu número.

– Chega, Giorgio, cansei de compreender. Vê se me esquece – abria a porta do carro e ia voltando para casa.

Ele me seguia até o portão, me segurava pelo pulso e apertava forte.

– Você está me machucando!

Ele continuava a apertar e a repetir:

– Fica, eu preciso de você!

Então eu perguntava ao meu coração se ele também precisava de Giorgio. Sim. E eu ficava.

Às vezes, eu tentava resistir, tentava domesticar meu coração, dar-lhe ordens: "Fique quieto! Você não precisa dele!".

– Me deixa! – e descarregava em cima dele os meus olhos cheios de uma raiva pronta para ser liberada. Soltava sua mão do meu pulso e continuava meu caminho.

Fechava rápido o portão e subia as escadas sem olhar para trás.

Correndo.

Porque. se você corre, é mais fácil que não se vire para olhar.

Você pensa que quanto mais longe estiver, tanto menor e distante verá aquele que ficou para trás.

Mas as regras da perspectiva não valem para o amor. Você pode se afastar mil quilômetros, meses, anos, mas, basta se virar um instante, baixar as defesas um só segundo e se deixar vencer pela lembrança, para encontrá-lo ali, bonito como sempre, com os olhos grudados nos seus, com a mão que tenta te deter, com o cavanhaque e a barba de alguns dias que te irrita a pele, com a boca que viaja pelo seu corpo; viaja, sim, porque o amor conhece estranhos meios de transporte.

E basta aquele instante apenas pra você perceber que não foi tão longe assim, que não percorreu um caminho muito longo.

Basta isso pra você se sentir novamente frágil, para a angústia recomeçar.

Mas isso eu entendi depois.

Naquela época, era suficiente escapar, subir as escadas com pressa e já pensar em esquecê-lo.

Depois, porém, eu o reencontrava no meu coração, em um gesto distraído que tanto o agradava, no cabelo que eu deixava solto para ser mais bem acariciado, na roupa do primeiro encontro, nos sapatos da fuga, no cabelo cor de carvão de um rapaz visto na rua.

Eu o reencontrava embaixo do prédio, na penumbra do portão.

Com uma rosa na mão e um "me desculpe" na boca.

E tantas promessas...

Tantas.

– Tudo vai ser diferente – ele dizia.

Eu aceitava a rosa e acreditava nele.

Subia as escadas com uma força renovada nos pés, com vontade de caminhar, de novo, ao lado dele.

Pegava a rosa e a colocava em um vaso.

Quanta água eu lhe dava, quanta energia...

... mas, depois de alguns dias, ela murchava, já cheirava a velho.

Nosso amor era um pouco como ela.

É TERÇA-FEIRA DE MANHÃ.

Carlo não veio, deve ter se metido em alguma confusão com seus novos amiguinhos. Ontem ele estava inquieto, e saiu mais cedo da escola. Disse que queria ir embora, que queria ir ao lago. Sozinho.

Não sei o que está acontecendo com a cabeça dele, mas meu sexto sentido me diz que aí tem o dedo de Ludovica.

Quando um rapaz desta escola fica atordoado, 99% dos casos têm a ver com a Ludovica.

Eu pagaria qualquer quantia para ser como ela; estalar os dedos e ter todos aos meus pés.

É alguém que simplifica tudo, a Ludovica. Por isso ela agrada.

Mas eu pensava que o Carlo... eu o imaginava diferente.

Mas também... Este semestre estou me enganando a respeito de tudo. E de todos.

André entra na sala, pergunta à professora de inglês se pode falar para a classe, fica em pé na frente da mesa do professor e começa a gritar:

– O diretor autorizou a festa do Instituto. Será amanhã à noite, das nove à uma. A entrada custa 5 euros por pessoa. Sou eu que estou vendendo. Coitado de quem não vier.

Depois, pede aplausos à turma, inclina-se, agradece à professora e vai para o seu lugar.

Aproximo-me de André e digo que quero duas entradas.

– E a outra, para quem é? – ele me dá uma piscadinha e uma cotovelada.

Eu fico ali, sem falar nada.

Não sei se Giorgio iria gostar de me ouvir contar.

Para o meu namorado.

– Para um amigo.

– Ah, tá... Agora se diz "amigo"...

Eu lhe asseguro:

– É um amigo, apenas um amigo.

Mesmo que estejamos juntos há seis meses; seis meses hoje.

O sinal do intervalo nos libera.

Pego minhas duas entradas e coloco no bolso do jeans, cheia de boas intenções.

Giorgio e eu nos encontramos no pátio da escola.

Eu me sento na mureta, ele fica em pé diante de mim.

– Esta noite será especial. Tenho uma surpresa pra você.

Eu queria abraçá-lo e perguntar qual era a surpresa. Mas estamos na escola, e ele não se compromete na frente dos outros.

– Hoje à noite vou te levar a um lugar bem bonito, assim nós comemoramos nosso aniversário de seis meses.

Eu lembro a ele que nesses seis meses terminamos e voltamos não sei quantas vezes. E acho que foi desse jeito porque ele é um mágico e sabe transformar cada "adeus" em um "oi".

Foram seis meses intensos; ninguém sabe amar e provocar tanta dor como ele.

– Passo para te apanhar às oito – e já vai se virando para voltar à sala.

Eu tomo impulso e o alcanço com a voz.

– Sabe qual é a surpresa mais bonita que você poderia me fazer?

Ele se detém para me ouvir.

– Qual?

– Estar comigo na frente dos outros. Não quero mais ser uma sombra.

Pronto! Falei...

Desço da mureta e me coloco de pé na frente dele. Eu te imploro, meu Deus, faça com que ele me beije, na boca, na frente de todo mundo. Dê a ele a coragem que acabou de me dar.

Mais tarde descobrirei que não se tratava de coragem...

Giorgio sorri, se aproxima e me beija.

Dois beijos no rosto, como dois bons amigos.

Enfio a mão no bolso do jeans; as entradas estão ali, escondidas, em silêncio, cheias de ingenuidade e de esperança.

Volto da piscina, esvazio a sacola, ponho o maiô e o roupão para lavar e vou para o quarto me arrumar.

– Mãe, vou sair esta noite!

Ela não pergunta mais "Com quem?", não é boba.

Esta noite eu quero que tudo recomece do zero, quero dar marcha à ré e começar de novo. Sim, esta noite vou convencê-lo. Vamos ficar juntos até o sol nascer.

Comprei um vestido preto no estilo dos anos cinquenta, um tubinho acinturado que chega até os joelhos. Para pagá-lo, pedi dinheiro emprestado ao meu pai. Tenho que devolver a ele a mesada de dois meses, e talvez tenha que vender um rim para saldar as contas.

Não faz mal. O vestido desliza sobre a pele e é *sexy*. Olho no espelho e me convenço de que estou bonita. Sim, esta noite, Alice, você está muito gata, mais do que Ludovica, Sara e todas as outras juntas.

Carolina passa em casa e me dá uma mão com a maquiagem.

– Você está linda de morrer! – ela diz.

Nos fechamos no banheiro.

Esta noite não basta uma pincelada de blush e um batom hidratante. Carol saca sua maleta de maquiagem e começa a pintar meu rosto. Aquela coisa pinica a pele, arde nos olhos. Mas a regra número dois diz claramente: quem quer ficar bonita tem que sofrer um pouquinho.

– Sugiro uma sombra branca na parte de cima, assim faz contraste com o vestido escuro... ok?

– É você a entendida – confio nela.

Carol passa o dedo na caixinha e esfumaça a sombra nas costas da mão para chegar à tonalidade certa.

Surge um branco delicado, puro.

– Esta noite você deve estar como o diabo e a água-benta... entre o bem e o mal... – ela diz, e exala entusiasmo por todos os poros.

Meu entusiasmo eu retenho na pele.

Ela passa rímel em mim.

– Que lindo este vestido! Onde você conseguiu?

– Consegui encontrá-lo no centro, na rua Frattina, naquela loja que sempre vimos de longe, com água na boca – então Carolina entende que não custou barato, que aquele vestido é simplesmente muito, muito caro.

– Quanto? – e esfrega o indicador com o polegar.

Fico envergonhada, porque sempre fui eu quem dizia que era imbecilidade gastar dinheiro com roupas...

– 350.

Carolina dá um suspiro de alívio.

– Está bom, 350 mil liras não é muito. Pensei que fosse pior...

Abaixo ainda mais os olhos.

– 350 euros.

– O quê?! 350 euros por um pedaço de pano preto? Não, Alice, não estou te reconhecendo. Você gasta 350 euros num vestido que depois de duas horas o Giorgio vai tirar e colocar sobre um sofá?

Eu lhe explico que não será assim, que eu e o Giorgio vamos passar a noite toda juntos, e só. Só a noite, não a madrugada. Eu preciso do vestido, porque me faz sentir menos invisível, porque, se você quer que o coração do seu namorado vá a mil, bom, então é preciso dar a ele um pouco de combustível.

– Ah, não vai me dizer que você não pensou na possibilidade...? – Carolina pergunta enquanto passa um batom cor-de-rosa na minha boca.

– Em qual possibilidade? – pergunto, tentando manter os lábios imóveis.

Carolina para de me maquiar, abre a porta do banheiro para ver se tem alguém por perto. Não, não tem ninguém. Fecha a porta novamente e recomeça a falar em voz baixa.

– Você não pensou que ESTA NOITE pode ser A NOITE?

Fixo os olhos no chão.

– Sim, pensei.

Ela se inclina para buscar os meus olhos:

– Ele vai ser o primeiro?

Carolina, naquele ano, nunca foi tão adulta, tão maternal quanto está demonstrando agora.

– Não sei.

Sinto vontade de chorar, um choro de insegurança, de guerreiro que não sabe se quer lutar.

Carolina me abraça e me ordena que não chore, senão a maquiagem vai sair toda.

– É só se sentir à vontade, Alice. Seu corpo vai saber o que fazer. A cabeça não, mas o corpo sim. Se o corpo resistir, deixe pra lá – e acaricia meus cabelos.

Acho que seria bom se o amor fosse apenas isso, carícias nos cabelos. Seria menos arriscado.

Carolina veda meus olhos com um pedacinho de papel higiênico:

– Tire o vestido... – ela pede, e eu o tiro imediatamente.

– Fiz bem em pensar nisso... – tira da mochila uma sacola da loja de lingerie Intimissimi e me dá um embrulho de presente.

Um conjunto de lingerie preta, simples mas provocante.

Abraço o presente por instinto.

– Mas você nem sabe se é do tamanho certo...

Então, vou provar.

O sutiã fica um pouquinho grande.

– É um pouco grande – Carolina comenta, e torce o nariz.

– Não, é perfeito! Está certinho, certinho!

Tiro as etiquetas e recoloco o vestido.

Um som de buzina sobe do portão.

– Mas esse rapaz não sabe para que serve interfone? – berra minha mãe. – Não passa pela cabeça dele subir aquelas benditas escadas e vir cumprimentar seus pais?

Carolina explica a ela que hoje em dia os rapazes são todos assim:

– Está para nascer um rapaz normal, senhora.

Minha mãe fica mais tranquila, não é sua filha que não sabe escolher, é a escolha que é limitada.

– Mãe, esta noite vou chegar um pouco tarde.

Então ela, a mãe, observa:

– Como você está bonita esta noite – murmura, dá um suspiro, e diz – Tudo bem... – e fica com medo de que a filha ame também com o corpo.

Tem medo de que a filha não se sinta bem longe dela, que ela não possa estar lá para acudi-la, como fazia quando sua menina caía da bicicleta e esfolava o joelho, quando sua menina sentia dor de barriga e ela, a mãe, massageava no lugar dolorido. Tem medo de que aquela menina não seja mais sua, que seja de algum outro que não a ame como ela.

– Tenha cuidado... – diz, e encerra naquele "Tenha cuidado" todos os seus medos.

Eu respondo – Fique tranquila... – e encerro naquele "Fique tranquila" todos os meus medos.

Pego a bolsa e dou uma última olhada no espelho.

Perfeito!

Carolina se despede da minha mãe e desce as escadas comigo. Tomaremos transportes diferentes, eu vou entrar no carro com Giorgio, ela vai pegar sua vespa para se encontrar com Marco.

Marco, que desliga o celular e some durante dias; que, de noite, na academia, ajuda algumas garotas gostosas a fazer exercícios abdominais e lhes ajeita a toalhinha atrás do pescoço; Marco, que de vez em quando está com o cheiro de outra.

Carolina vê, descobre, sofre, fica brava, chora, mas depois o abraça de novo, perdoa tudo e recomeça do zero.

Talvez eu também seja um pouco como ela, talvez todas nós sejamos um pouco assim, mas, por sorte, Giorgio não é alguém do tipo do Marco.

Outro toque de buzina.

Nos despedimos antes de sair pelo portão.

– Obrigada, Carol – e voo para ele.

Giorgio desce do carro e abre a porta pra mim.

Veste uma camisa branca de gola coreana e um casaco preto. Tênis e jeans para ficar menos sério. Há seis rosas vermelhas no painel do carro, daquelas de talo longo, uma para cada mês que passamos juntos: paixão e espinhos. Uma pequena mochila Adidas está no chão, aos meus pés.

– Coloque-a lá atrás, assim você ficará mais confortável – me aconselha Giorgio. Acomodo a mochila no banco traseiro.

– O que tem aqui?

– Nada – ele coloca o carro em movimento e desta única vez me deixa escolher a música.

Nada de Kurt Cobain esta noite.

94.5. Para uma hora de amor, na rádio Subasio.

Acho que uma hora é pouco demais para o amor.

Não pode bastar.

Chegamos depois de meia hora.

Não sei se porque está escuro, se os meus olhos não são mais imparciais, mas está tudo limpo esta noite, até o rio Tibre. Eu poderia caminhar assim durante horas, agarradinha a ele, mas chegamos ao restaurante e o Romolo já está lá, querendo saber onde gostaríamos de sentar.

Giorgio pega minha mão e me leva para o terraço.

Eu penso que tudo é como sempre sonhei: príncipe encantado, rosas, terraço, minha mão na dele.

Giorgio brinca de cavalheiro: abre a porta do carro, afasta minha cadeira, me serve água... e eu descubro nos seus gestos uma urgência nova.

– Você está maravilhosa esta noite!

Eu sou um sorriso só: sorrio com os olhos, sorrio com a boca e fico feliz por ter gasto aqueles 350 euros. E me esquivo do elogio:

– Se é você quem diz, não vale, você não conta...

Então Giorgio me diz que continuo a mesma, que nunca confio em ninguém. Chama Romolo, aponta para mim e pergunta:

– O senhor não acha esta garota maravilhosa?

Romolo se sente constrangido, sorri e faz uma radiografia minha:

– Ela é muito bonita; não há o que dizer, ótima escolha! – e dá um tapinha nas costas de Giorgio. Depois, tira um bloquinho do bolso e pergunta o que desejamos pedir.

Giorgio pede *rigatoni all'amatriciana* e vinho, "um vinho vermelho, encorpado..."

– E a moça, o que vai querer? – a moça, como sempre, se deixa apanhar de surpresa. Abro o menu: só cozinha romana, daquela que permanece no estômago por anos.

Quero ficar leve, o vestido está ajustado no ponto certo, não resistiria a um grama a mais...

– Pra mim, uma salada.

Giorgio balança a cabeça; nos encontros, as garotas sempre pedem uma salada.

Nesse meio tempo, chega o vinho.

Ele tenta me servir, mas eu cubro a boca do copo com as mãos.

– Não, não; não quero! – se esta noite faremos amor, quero estar sóbria.

– Uma gota apenas! Vai te relaxar!

– Eu já estou relaxada.

Não é verdade. Sob minha pele correm medos inomináveis.

Nosso pratos chegam poucos minutos depois.

Me ponho a perseguir quatro tomatinhos-cereja escondidos pela alface.

O lugar agora está cheio. Pedidos que se acumulam, vozes, risadas mais ou menos saborosas, garçons que se deslocam rapidamente de uma mesa a outra em um balé de pratos.

– Comprei entradas para a festa do Instituto... – digo de supetão.

Um barulho de louça quebrada vem da cozinha.

– Ah, sim? Com quem você vai?

Está brincando!?

– Bobo, vou com você... – e lembro a ele a promessa: – Já se passaram seis meses, que sentido tem continuarmos a nos esconder, fingir que somos desconhecidos na escola e depois estar aqui, nesta mesa, nos beijando e pegando na mão? Que sentido isso faz, Giorgio? Me explique.

Fiquei corajosa.

Ele me olha desconfiado.

Tiro minha mão da dele, deixo-a ali, sobre a mesa, livre.

Ele a toma de volta e dá um suspiro.

– Está bem. Amanhã iremos juntos à festa. Sara vai ter que se conformar.

– Promete?

– Sim – ele responde, tira a mão da minha e continua a comer.

– Assim não vale. Você tem que colocar a mão direita sobre o coração e dizer: "Juro!".

Ele sacode a cabeça. Eu sou mesmo uma garotinha. Ele apoia a mão no peito e diz, enquanto sorri:

– Juro!

Não está apavorado por causa de amanhã, já sabe que suas promessas não valem grande coisa. Eu é que ainda não aprendi.

Giorgio paga a conta, coloca o braço em volta dos meus ombros e nos dirigimos para o carro.

– Espere um instante! – e chego até a ponte.

– Quer descer e passear lá embaixo? – ele propõe.

– Não. Eu gosto de olhar este rio de longe – de longe, ele é lava e prata, e a água é uma carícia que desliza suave. De perto, é lodo e pedra, e a água é uma mão áspera que raspa a terra do leito.

Giorgio se aproxima por trás, coloca seus braços em torno da minha cintura e fica olhando o rio comigo.

Começa a me beijar o pescoço e a respirar na minha orelha. E encosta ainda mais seu corpo no meu. Está excitado.

Eu também me deixo levar e aperto forte seus braços em torno da minha cintura.

– Você quer continuar a me ver de longe também? – ele pergunta, e seus lábios continuam a deslizar sobre o meu pescoço. Eu penso que é mais difícil amar de perto, de dentro, porque os olhos veem bem, e você não consegue dar às nuvens a forma que quiser.

– Eu quero ver você de perto – respondo, e ele continua a me tocar.

Um fervilhar estranho toma conta das minhas pernas, como se elas também tivessem vontade de se aproximar.

– Te amo – ele me diz baixinho, no ouvido, como se fosse um segredo.

– Eu também – e não sei se estou certa em me atrever a dizer aquelas palavras.

– Te quero – desta vez a voz dele é mais alta, convicta.

Ele pega minha mão.

Caminhamos apressados em direção ao carro.

Abrimos as portas e nos sentamos.

Por um instante me dá medo que ele queira fazer ali, naquele banco.

– Vou te levar a um lugar legal, ok?

Dou um sorriso amedrontado.

Ele me beija, coloca a chave no contato e põe o carro em movimento.

Ele não é como André . Não faz amor no carro.

Ele é o MEU cavalheiro. Me levará ao seu castelo.

É o MEU cavalheiro.

Penso que amanhã, ao despertar, algumas palavras terão um significado novo para mim. Vou entender o que quer dizer "sua" e "meu"... Vou descobrir a linguagem do pertencimento.

– Para onde estamos indo, Giorgio?

– Para Casilina.

Prédios enormes, todos grudados, parecem formar uma grande barreira.

Prédios repletos de janelas que dentro de algumas horas irão se abrir para se encher de bocejos e gritos, de barulhos de buzinas e motores.

Acho que o amor tem um fuso horário todo seu; enquanto alguém está acordando, outra pessoa está à procura de um lugar tranquilo para fazer amor.

– Aí está ele!

Giorgio para o carro.

Meu castelo é um monte de casinhas pré-fabricadas dispostas uma ao lado da outra. São quartos com uma cama, dois criados-mudos, um banheiro e, se você pagar um extra, uma banheira.

Chama-se Fastlove Motel.

São quartos para se usar e deixar em uma noite, testemunhas da pressa e do medo de serem descobertos, que escutaram muitos gemidos e poucas palavras. Descemos do carro. Giorgio pega a mochila no banco traseiro, cumprimenta o porteiro e pede uma chave.

Noto entre eles uma certa intimidade... Um pensamento que logo mando embora.

Quarto 22.

– O número perfeito, não é? – Giorgio diz, e me acompanha segurando minha mão.

A porta oferece um pouco de resistência, mas, no fim, se abre com um safanão.

– Espere um instante, vou entrar e ver se está tudo em ordem.

– Não, fique aqui comigo. Deixe tudo sem ordem mesmo...

Ele me dá um beijo e faz o que tem vontade.

Fico esperando lá fora, sozinha, com o meu vestido de 350 euros, inadequado para essas casinhas; meu vestido que é de tecido bom, que durará mais do que um instante de amor.

Aperto a bolsinha, abro o fecho e tiro o celular; desligo-o por instinto e continuo a esperar.

Um homem sai do quarto em frente ao nosso, o 23; um cigarro na boca, o celular na mão, a camisa amarrotada e o zíper da calça aberto.

Consigo ver uma mulher enrolada entre os lençóis com maquiagem pesada.

O seu Cavalheiro deixa a porta aberta e dá um telefonema.

– Marina, estou viajando agora com o caminhão. Pelo menos não tem trânsito. Claro que te trouxe uma lembrancinha de Nápoles...

Entendo que aquela mulher, a Marina, não conhece a geografia astuta daquele homem, não sabe que Nápoles é Roma, talvez a poucos passos da casa dela.

Uma despedida rápida e depois o homem volta a dirigir o caminhão no seu quarto. Um trabalho que rende bem; satisfaz. Acho que me dá nojo, que o Tibre visto de perto é muito sujo.

Estou cansada de esperar, abro a porta do 22.

Giorgio trouxe lençóis de casa e está forrando a cama. Gosta de sentir a limpeza; eu, em vez disso, começo a me sentir suja.

– Me leva de volta pra casa? – peço, cansada e me sentindo meio enjoada.

– Por quê?

– Não gosto deste lugar.

Conto a ele do caminhoneiro e da mulher de maquiagem pesada, do incômodo que me deu no estômago.

– Calma. Agora a gente fecha a porta e tudo desaparece... O importante é que estamos aqui, eu e você, não?

Sim, talvez o importante seja isso, eu e você.

Giorgio liga o som, põe para tocar um CD que trouxe de casa para encobrir o barulho dos outros quartos.

Here with me, de Dido, começa a tocar.

– Aumente o volume! – peço a ele. Não quero que meu gemido se confunda com o das outras mulheres, de outros quartos. Quero que ressoe apenas nos ouvidos dele. E depois quero escutar a minha música, porque talvez me aconteça de escutá-la daqui a alguns anos e isso me fará lembrar da minha primeira vez.

Giorgio me agarra pela cintura e começa a me beijar. Suas mãos se emaranham nos meus cabelos, invadem minhas costas à procura do zíper do vestido, agarram-no e o obrigam a descer.

Espreita o cheiro da minha pele:

– Ainda cheira a cloro.. – e deixa escapar um sorriso.

Fico vermelha e explico:

– É a piscina – e continuo a beijá-lo, a olhá-lo nos olhos, que não têm medo. Os meus, sim.

– Fique tranquila, não vou te machucar – ele diz.

O vestido escorrega, rende-se logo.

Agora é a minha vez de despi-lo, de tentar tirar os botões das casas. E me dou conta de que camisas têm um monte de botões, muitos mesmo.

Giorgio não quer esperar, tira a camisa como se fosse uma camiseta.

Depois tira também a calça, e ficamos assim, ele de cueca e eu com o meu conjunto de lingerie.

Ele cola o seu corpo ao meu e me empurra para trás, para a cama.

Nos estendemos sobre aqueles lençóis frescos. Sinto um arrepio.

Giorgio passa a mão nas minhas costas e desabotoa meu sutiã. Ele me aperta forte nos seus braços e começa a viajar pelo meu corpo com a boca.

Uma viagem por terras nunca antes exploradas.

Tira minha calcinha e a faz deslizar lentamente entre as pernas.

Sua mão logo acaricia aquela terra nua, que tem medo de ser descoberta.

– Calma, não vou te machucar.

Em seguida, recolhe do meu corpo os seus olhos e as suas mãos, precisa deles para despir a cueca. E eu, sem os olhos dele sobre mim, me sinto nua, perdida entre lençóis que não são meus, sobre um colchão puído, desconfortável, numa cama que já conhece o prazer e para a qual não fará diferença se aquele prazer é o meu.

E, depois, a pressa de Giorgio... A pressa das mãos... Mãos que querem terminar... Mãos que não me dão tempo... Mãos que agem por mim. E seus olhos, famintos e parados...

– Não vou te machucar.

Ele tem certeza, certeza de que não vai me machucar, certeza de estar certo, certeza de que vou gostar.

Eu, não. Eu não tenho certeza.

Gostaria que ele me olhasse de um jeito um pouco mais incerto, e sentisse medo por mim, sentisse medo comigo.

Sua mão desliza entre as minhas coxas tentando abrir espaço. Mas meu corpo resiste e sabe o que fazer.

Levanto da cama, apanho o vestido no chão e o visto. Giorgio me agarra pelo pulso.

– O que há?

Ele não consegue entender.

– Por favor, me leve pra casa.

Ele insiste:

– Faça amor comigo.

– Não, não estou me sentindo à vontade.

Ele bufa, apanha e veste a cueca, recoloca a camisa, enfia a calça e pega as chaves do carro.

– Sinto muito – repito, com os olhos baixos.

Estou contente, sinto o corpo mais calmo, menos inquieto.

O meu "cavalheiro" vai ter que se conformar.

A música continua a insistir.

Mas, desta vez, eu não me deixo convencer por uma música, ainda não encontrei aquele por quem tenho esperado...

São cinco horas da madrugada ou da manhã, é tarde ou cedo, depende do ponto de vista. Eu me despeço de Giorgio com um beijo.

E não paro de me justificar:

– É questão de tempo... – repito.

Ele faz sinal de sim com a cabeça.

Depois, não está assim tão desgostoso.

Talvez não tenha tanta vontade de fazer amor comigo... Eu deveria estar contente, isso significa que ele não está comigo apenas porque quer me levar para a cama, pode passar sem isso.

Eu deveria estar contente. Mas, ao contrário, não estou.

Gostaria de vê-lo contrariado, irritado, destruído...

Não estava com tanta vontade de fazer amor comigo.

– Nos vemos amanhã na festa – ele liga o carro e vai embora.

Subo as escadas do prédio.

Um.

Dois.

Três andares.

Estou na frente da porta.

Procuro as chaves de casa na bolsinha e então me lembro de que não as apanhei. Você é uma imbecil, Alice! Tocar a campainha seria uma loucura.

Me sento ao lado da porta, com as pernas encolhidas.

Meu pai se levanta às sete, pontualmente.

Vou ficar esperando por duas horas, aqui, nesses degraus.

Seguro os joelhos com os braços.

E começo a contar...

Porque é melhor contar do que pensar.

1... 2... 3... 4... 5... 6... 7...

Quanto tempo será que já passou?

Dez minutos?

Não, ainda não.

Recomeço.

1... 2... 3...

A porta se abre de repente.

– Entre, devagar, que a Camilla está dormindo...

É a minha mãe. Ficou esperando por mim a noite toda.

Ela não diz nada, olha pra mim, e só.

Estou com o vestido amarrotado, as bochechas vermelhas, os lábios inchados, o batom descorado, o rímel grudado...

Olha para mim e acha que já entendeu.

Peço desculpas por ter esquecido as chaves e digo "obrigada" por ter me esperado.

– Eu não fiquei te esperando, é que me deu vontade de ler.

Ela está com um livro entre as mãos, começou a lê-lo esta noite e já está quase no fim: *O Amante*, de Marguerite Duras.

Descalço os sapatos de salto para não acordar Camilla.

Vou para o banheiro e tiro a maquiagem com um lencinho.

Depois, corro para o meu quarto e começo a me despir.

Verifico se sobre aquele corpo ele deixou alguma marca. Sim, as marcas estão ali, na minha pele clara.

Então, enfio rapidinho o pijama e penso que dentro de uns dias as marcas já terão desaparecido. As lembranças são mais difíceis de apagar...

Enfio-me debaixo dos lençóis. Os meus lençóis.

Minha mãe entra e se senta na minha cama.

– Tente dormir, pelo menos um pouco, que você tem que ir para a escola... – e, enquanto isso, continua a indagar com os olhos, a procurar provas nos pedacinhos de carne descobertos pelo pijama, no perfume dele, que se agarrou nos meus cabelos, no meu olhar cansado.

– Boa noite, mãe – eu a abraço forte, como para dizer "obrigada!", porque sei que não ficou acordada para ler um livro, porque sei que me esperou para ver como estava sua menina, se se decepcionou, se gostou.

Ela esperou por horas e horas a sua menina, somente para lhe fazer aquelas duas perguntas: "Aconteceu? Como foi?".

Ela inspeciona com os olhos e acha que entendeu. Acha, mas não tem coragem de perguntar.

E, no entanto, seria tão bom escutá-la dizer:

– Aconteceu?

– Não.

E nos abraçarmos.

A menina lhe contaria espontaneamente, falaria do seu corpo que disse: "Fuja!". E ela, a menina, fugiu.

Seria muito bom me escutar dizer: não, mãe, eu não o amo com o corpo.

Mas a mãe não tem coragem de perguntar. E eu não tenho coragem de dizer.

Camilla está dormindo em seu berço.

Não sabe quantas incertezas a esperam.

Você vai crescer, Milla, e será complicado.

Não te bastará ver o papai e bater palmas para saber que é querida e se sentir feliz.

Você vai aprender também a dizer "Alice" e "água", vai descobrir que há muitas outras palavras, palavras que têm mais sentido do que aquelas que você usa agora ou que, talvez, não tenham sentido absolutamente. Palavras sem sentido, que te farão tropeçar.

Vai descobrir que tem um corpo e que ele também fala.

E, às vezes, ficará com dor de cabeça por ouvir todas aquelas vozes.

Será difícil escolher quem escutar.

Eu, esta noite, escuto o meu corpo.

E você, Milla, quem você escutará? Quem irá te esperar no portão? Quem tentará te servir o vinho? Quem viajará pelo seu corpo?

Não sei, Milla.

Mas haverá alguém te esperando.

Talvez já haja alguém, e você ainda não o conhece. Irá encontrá-lo por acaso, dentro de muitos anos, e parecerá que você viveu apenas à espera daquele encontro. E só então se sentirá viva.

Ele irá te pedir que o ame com o corpo.

E você, o que fará? Irá escutar a si mesma?

Não sei, Milla.

Mas haverá alguém te esperando.

Todos nós temos alguém a nos esperar.

Bem, deixe que ele te espere um pouco mais.

Use o seu tempo para brincar.

Boa noite, Milla!

Sonhe com dragões e princesas, e não pense em mais nada.

Esse tempo ainda está longe. Esse tempo é o meu.

Esta noite é a festa do Instituto.

O professor de italiano, Malari, me encontra no corredor da escola:

– Alice, tente não se cansar tanto e não levar tão a sério o terceiro ano. Eu e os meus colegas conhecemos você há cinco anos ou mais, e sabemos muito bem o quanto vale. Não tem necessidade de se consumir para conseguir o máximo, não você.

Acho um fofo o Malari, porque ele não costuma sorrir e se preocupar com o cansaço de nenhum aluno.

Gosto desta escola.

– Obrigada, professor, o fato é que eu sempre fico com medo de não ser suficiente...

– Você não é suficiente, você é demais! Não esquente com as fraquezas; na vida não se pode estar sempre preparado.

Sorrio, guardo o conselho no bolso e volto pra sala.

André se aproxima da minha carteira.

– E então? Esta noite você vem com o seu amigo à festa?

– Sim! – e vou mostrar pra todo mundo que ele não é apenas um amigo.

– Está bem. De toda forma, se o seu amigo não vier, eu passo pra te apanhar com o Mini. É só você dizer.

Seu Mini Cooper S vermelho, com a bandeira da Inglaterra desenhada no teto... O *top* dos filhinhos de papai.

– Não precisa, mas, obrigada, de qualquer forma.

Carlo entra na sala com o passo decidido, sorrindo da cabeça aos pés.

– Mas o que foi que o Carlo fez? – pergunto ao André.

– Estão de rolo, Carlo e Ludovica.

– E o que seria um rolo?

– Ah, Alice, estão se encontrando; a gente fala "de rolo" quando duas pessoas estão juntas sem estarem juntas.

– Estar junto sem estar junto. Conceito complicado...

André suspira.

– Um rolo é quando duas pessoas ficam se esfregando, se pegando, fazendo coisas de namorados sem ser namorados, sem estar juntos. É uma relação meio clandestina e muuuito pouco séria, da série "vamos nos divertir e morreu aqui", entendeu?

Faço sinal que sim com a cabeça.

– Mas Carlo sabe que eles não estão juntos e que é só um rolo?

Porque Carlo não é um cara de ficar de rolo.

– Claro que sabe!

Sabe?!

– E pra ele está bem assim?

– Ele não é nada bobo, é preciso aproveitar certas oportunidades. Se todas as garotas fossem como Ludovica...

André faz o elogio solene a Ludovica e eu fico pensando que ela é uma das poucas que se dão bem neste mundo.

Entendeu como funciona, estar junto sem estar junto.

– Olha, Alice, você devia ser mais desencanada, mais Ludovica...

– Olha, André, eu não quero um namorado que me queira só pra transar.

– Claro, você nem tem um...

– E o que é que você sabe sobre isso?

– Ele não vem te buscar na frente da escola, não telefona, e você nunca fala dele, não diz sequer como ele se chama, como ele é...

Bastaria tão pouco...

Ele se chama Giorgio e é bonito, bonito e atormentador.

Estamos juntos há seis meses.

Diz que me ama, mas não quer que o vejam comigo, para não fazer sua ex-namorada sofrer, ele diz; pra mim, não parece um bom motivo...

Bastaria pouco, a verdade.

Mas, vai saber por quê, não consigo dizer nem esse pouco.

– Quando eu estou com uma garota de quem gosto de montão, apresento a todos os meus amigos, para que me vejam com ela. Se você tem alguma coisa bonita, está certo em mostrá-la, não é?

– Não! Não está certo! Você não tem que mostrar nem mesmo um carro... É a sua namorada, pô!

André não se convenceu, olha para mim desconfiado, quer pôr o dedo na ferida.

– Bem, uma noite você pode trazer esse cara, não? A não ser que seja o homem invisível...

O sinal nos libera. Hoje também já acabou!

Olho fixamente nos olhos de André, ele me lança um desafio, e eu aceito.

– Não, não; ele é de carne e osso. Hoje à noite virá à festa, vou te apresentar pra ele. Hoje à noite.

Putz! E se ele não vier?

Coloco a mochila nas costas e vou para casa.

Encontro Giorgio no saguão.

– Oi.

Dois beijos rápidos, no rosto.

– Ei, aonde você vai?

– Desculpe, Alice, mas tenho que vazar. Minha mãe está me esperando, vou comprar alguma coisa para vestir hoje à noite.

– Se você quiser, eu te acompanho...

– Eu adoraria, mas ir sem a minha mãe é o mesmo que ir sem o cartão do banco. Tchau.

Eu o seguro pelo braço, preciso de certeza.

– Se você não vier hoje à noite, eu te mato! – e sorrio, nervosa.

– Calma... Nos vemos às nove.

– Você não pode passar para me apanhar?

– Não, esta noite eu venho de vespa. Quer vir comigo?

Ele bem sabe que eu não posso, que se meu pai me pega em cima de uma vespa, estou morta.

– Não. Nos vemos aqui. Eu acho um jeito de vir.

Giorgio se catapulta do saguão, uma tarde de sapatos e roupas o espera.

Talvez André tenha razão, estou com um cara invisível.

E me sinto perdida.

Mas não devo...

Hoje à noite Giorgio virá comigo à festa; ele prometeu.

Então, por que me sinto assim?

Chega! Ele prometeu.

E uma promessa é uma promessa.

Carlo sai da escola agora e se junta a nós.

No seu rosto existe alguma coisa de arrogante.

As mãos dele não suam mais quando fala comigo.

Está distante de mim, a anos-luz de distância.

E, no entanto, quantas vezes nos olhamos às escondidas? Quantas vezes sorrimos um para o outro sem motivo?

Gostamos um do outro imediatamente, desde o primeiro dia de escola, na oitava série.

Naquele dia, Carlo também tinha chegado atrasado, com os óculos tortos sobre o nariz. Quando estava indo para o lugar dele, tropeçou na minha mochila velha azul-escuro e azul-claro, com um golfinho desenhado.

Gostei imediatamente daquele tropeção desengonçado na frente de todo mundo.

Tenho pavor de tropeçar, não me perdoo um passo em falso.

Carlo tinha coragem de errar.

Nos espiamos, cada um em sua carteira, durante quatro anos, sem demonstrar esse sentimento, deixando-o crescer por dentro, como um filho escondido.

Mesmo quando nossos corpos não tinham forma, quando as camisetas ficavam enormes e um sutiã 38 era difícil de encher...

Talvez esse seja o amor mais íntegro que exista, o amor sem formas.

Carlo continua a lançar seus olhos para além do pátio. Talvez ele também tenha em mente as mesmas lembranças que eu. Não, agora ele tem a Ludovica. E eu tenho o Giorgio.

Giorgio jamais tropeçaria na frente dos outros.

Giorgio não sabe o que é o amor sem formas.

Carlo se despede:

– Tchau, moçada – e volta para casa.

Eu e André ainda ficamos um pouco mais para ver como podemos resolver o problema da prova oral do dia seguinte.

Quem vai ser o voluntário?

Nos damos conta de que ninguém está disposto a isso, porque só masoquistas se oferecem para uma prova oral sobre Tácito.[2]

Ludovica sai da escola agora.

Ela está com a mochila aberta e as mãos cheias de coisas, tentando colocar no lugar o último livro e os anéis.

De repente, suas mãos perdem o equilíbrio e deixam cair tudo, o livro dá um mergulho profundo, os anéis rolam enlouquecidos pelos degraus do pátio.

Uma pequena argola de prata desacelera ao encontrar meu pé e se enfia debaixo do meu sapato.

André se inclina para apanhar um anel e o devolve a Ludovica.

– Mas quantos anéis você tem? – ele pergunta.

Ela sorri e olha pra mim:

– Um por namorado.

Retribuo o sorriso, apanho o anel aos meus pés e também o devolvo.

– Obrigada – ela diz, e vai embora para casa.

Não me dou conta de que às vezes o destino quer nos colocar em guarda.

Tantos sinais, tantos fios que se unem, e não percebemos.

Ludovica não é apenas minha colega de sala.

Giorgio não é apenas o meu namorado.

E aquele anel debaixo dos meus pés não é apenas um anel.

– Então me avise a que horas eu devo vir te buscar, ok? – meu pai diz.

– Ok – abro a porta e desço do carro.

---

[2] Públio Cornélio Tácito (55-120 d.C.), historiador romano. (N. T.)

Dois garotos que estão na festa passam do meu lado; um dá uma cotovelada no outro, e aponta para mim:

– Olha que gata aquela ali!

Aí meu pai fica puto.

– Olha só esses cretinos – e sacode a cabeça. Ele não entende mesmo este mundo.

– Ora, vamos papai, no seu tempo também se costumava olhar para as garotas.

– Mas para a minha filha, não! Ninguém pode olhar para a minha filha assim.

Sorrio e penso que os pais não sabem ser imparciais.

– Eu te peço encarecidamente, hein, Alice? Qualquer problema, me telefone que venho te buscar.

– Ok, papai! – dou-lhe um beijo nervoso no rosto.

Meu pai acha que é o super-homem. E eu gosto desse super-herói que quer me proteger de tudo e de todos.

– Basta dar um assobio e o papai vem te salvar – ele dizia quando eu era pequena e ficava com medo.

E o medo passava, mesmo que eu nem soubesse assobiar.

Era suficiente saber que ele estava ali, perto de mim, com o ouvido atento a qualquer "ai" que eu pudesse soltar se me ouvisse tossir na piscina quando engolia água.

Era suficiente saber que ele estava ali, pronto para me reerguer do chão, para fazer curativo nos machucados; pronto para soprar e dizer "Já vai passar, já vai passar...".

Aquela vez na praia também, quando eu pisei num peixe-aranha e colocaram meu pé dentro de uma bacia com amoníaco e água quente. E naquela noite no hospital, quando me operaram de apendicite e eu sentia a pele repuxada e a barriga queimando.

– Já vai passar... Já vai passar.

Aquela dor logo fazia as malas, pronta para ir embora.

Muito tempo já se passou desde então. No entanto, a frase é sempre a mesma.

– Qualquer problema, me telefone que eu venho te buscar.

– Ok – e fecho a porta do carro.

O salão nobre está cheio de fumaça e de barulho.

O DJ já começou a rodar os discos, a fazê-los saltar para a frente e para trás sob a agulha da vitrola.

Os mais seguros já estão dançando, mesmo que a pista ainda esteja um tanto vazia. *God is my DJ*, meio blasfêmia, talvez, mas o que importa? Tem ritmo, e é isso o que conta.

Entro na fila e espero para entrar.

Uma mão estaciona sobre o meu traseiro.

É de um dos "cretinos" que meu pai não engole.

Me viro e o olho enviesado.

– Sua mão está no meu traseiro!

– Ah vá! Não tinha percebido... – e sorri para o amigo, sentindo-se esperto.

– Vá colocar sua mão em outro lugar...

– Quer ficar me olhando enquanto eu me toco? – ele pergunta, malicioso.

Tiro sua mão do meu traseiro e a coloco no dele.

– Olha, assim está bom. Sim, fica muito mais confortável na sua bunda do que na minha.

O amigo lhe diz:

– Essa aí acabou com você... – lhe dá um tapinha de solidariedade no ombro e vai para o banheiro.

Assim que o amigo sai, ele para de bancar o babaca, me segue e segura meu braço.

– Desculpe aí, eu estava brincando...

– Você é um cretino! – dou-lhe um empurrão e vou entrando pelo salão nobre no meio da fumaça e da música. Abro os olhos o mais que posso, em busca de uma camisa branca de gola coreana, um jeans e um casaco preto que conheço bem.

Nada.

Então procuro um olhar, um cabelo bagunçado que muitas vezes já tentei arrumar com os dedos.

Nada. Ainda não chegou.

Saio da sala e vou até o vestiário, deixo o casaco lá e fico segurando a bolsa.

André me chama do corredor:

– Alice Saricca?

– Presente!

Ele se aproxima, segura minha mão e me faz dar um giro completo.

– Esta noite você está... *uau*!

Sorrio e penso que é um belo de um elogio: esta noite eu estou *uau*.

– Já chegou o seu homem invisível?

Giorgio está lá, no bufê, enchendo um prato de papel com tortinhas e minipizzas e segurando uma cerveja pelo gargalo; volta para a sala com o prato cheio, vai se sentar com os amigos dele e começam a comer. Eu o sigo... E chego até ele.

Carolina não ficaria orgulhosa de mim. Regra número três: no amor, vence quem foge.

Finalmente ele percebe que estou ali.

– Ah, Alice. Espere. Já vou.

Termina de dizer alguma coisa no ouvido de um amigo, me faz um sinal com a cabeça e saímos da sala.

Ele me leva para uma sala da escola:

– Pelo menos não vão nos perturbar. Essa música está estourando os meus tímpanos.

Eu gostaria de estar no meio das pessoas, da fumaça, da música; queria que me vissem junto com ele... Mas, para ele, o que eu quero não tem importância.

Nos sentamos nas carteiras.

Silêncio. E eu, no silêncio, trago o coração apertado.

– Como você está?

Que pergunta idiota, Alice!

– Bem. Você gosta? – e dá uma voltinha. Está vestindo todas as aquisições de hoje à tarde.

– Você é vaidoso como uma mulher!

– Sabe que você é a única garota que zomba de mim?

– Imagine como são as outras...

– Taí! Disso eu gosto em você. As outras sempre me dão razão, você está sempre pronta para me alfinetar, você é venenosa.

Aproxima-se para me beijar e eu me esquivo.

– Se sou venenosa, me deixe em paz... Eu poderia te machucar.

Ele sorri, já sabe que sou inofensiva, que só machuco a mim mesma.

– Vamos.

Apanho-o pelo braço e tento arrastá-lo para fora dali, mas ele resiste:

– Se está tão bom aqui, por que você se preocupa em ir para o meio dos outros, naquela zona?

Olho feio para ele:

– Se você não vier, eu vou sozinha. Estou com vontade de dançar.

Vou caminhando para a porta quando toca meu celular.

– Alô!

– Alice, não me...

A ligação está truncada, a bateria do telefone está acabando.

– Alô...? Alô...?

Nada. O celular morreu.

– Quem era? – Giorgio pergunta.

– Minha mãe. Fiquei de telefonar para dizer a que horas a festa vai acabar. Posso ligar para a minha casa do seu celular? Só dois segundos, senão eles ficam preocupados...

– Ligue com calma, vou me juntar aos meus amigos no salão, nos vemos lá. Lembre-se de que você me deve um beijo.

Espero que aquele beijo que rejeitei seja dado ali, na frente dos outros.

Saio do saguão da escola e entro no pátio.

Até daqui dá para escutar a música. Um ritmo acelerado, um passo pesado, que tem algo de tribal, de dança antiga.

Tento telefonar pra casa. Está ocupado.

Minha mãe deve estar tentando me ligar ou então está falando com uma das suas amigas verborreicas.

Neste caso, será preciso esperar muito.

Faço outra tentativa. Ocupado novamente.

Eu me sento sobre a mureta, seguro na mão o celular de Giorgio e espero.

Depois, tenho uma péssima ideia: ler as mensagens dele.

Sei que isso não se faz. Mas, talvez porque eu não saiba como me distrair enquanto espero, ou porque uma vozinha dentro de mim está dizendo: "Leia!", ou por curiosidade, ou por instinto... Vou ler!

→ Menu → Mensagens → SMS → SMS recebidos.

E uma série de nomes aparece na tela.

Nenhum é o meu; nunca mandei mensagens para ele.

Mario, Luca, Francesco...

"*Hoje à noite no* Charro café, *Mario conhece alguém que nos faz entrar de graça.*"

"*Amanhã no* Alpheus. *Dançarinas estupendas. Venha também, um colírio para os olhos.*"

"*Vc é um caloteiro. Sempre fura.*"

Era o dia do nosso aniversário de seis meses de namoro, ele passou a noite comigo. Sorrio e penso que encontrei um rapaz que gosta de mim, talvez meio paranoico, meio tímido, meio escondido... Mas gosta de mim.

E talvez a culpa seja minha, eu é que não ajudo. Eu é que deveria beijá-lo na frente dos outros; muitas meninas fazem isso... E então ele iria se destravar. Mas não sei tomar a iniciativa.

Tento ligar para a minha mãe.

– Mãe, meu telefone ficou sem bateria, estou ligando do celular do Giorgio. A festa vai acabar à uma.

– À uma?! Isso são horas? Não, Alice, às onze e meia seu pai vai te buscar.

– Mas, mãe, nem Cinderela voltava para casa às onze e meia... E depois, já são dez horas!

– Sim, mas Cinderela tinha pelo menos vinte anos, você tem dezoito.

– Como é que você sabe que ela tinha vinte anos?

– Eu sei, e chega! Às onze e meia!

– Tchau – respondo conformada.

– Tchau, querida! Divirta-se! – ela responde, tranquila.

Ainda faltam quatro mensagens para eu ler, e ei-las aqui...

Foram enviadas pela internet, a assinatura é sempre a mesma: *Ludovica*.

"*Foi lindo. Ainda te desejo. Resolveu tudo com a Alice?*"

Agora, finalmente estou entendendo.

Entendo aquilo de namorar às escondidas.

Ludovica não podia me ver e eu não podia vê-la.

E a Sara, a ex-namorada dele? Talvez ela também não seja tão ex assim...

Tudo devia estar no lugar: cada uma em sua gaveta certa, bem separada, invisível para a outra.

"Pra que mostrar que estamos juntos?" – ele me perguntava.

Agora eu entendo, e é pesado digerir tudo ao mesmo tempo.

"*Te espero no* Fastlove. *Ótima a escolha do quarto 22. Número perfeito, não é?*"

Esta mensagem foi enviada às seis da manhã.

Era o dia do nosso aniversário de seis meses de namoro.

Ele tinha me levado pra casa às cinco, tinha amassado meu vestido, tinha acabado de experimentar o meu corpo.

Eles fizeram sexo.

E eu estava ali, meu gosto ainda estava ali, agarrado aos cabelos dele, no pescoço, nas roupas. Estava quente do meu calor.

Eles fizeram sexo, repito a mim mesma.

Porque não consigo dizer "eles fizeram amor".

Como se amor só eu pudesse fazer...

Talvez ela também o ame, mais do que eu, porque ela sabe amar com o corpo. Eu não.

Fico sentada na mureta, junto as pernas e observo meus joelhos, para ver se há algum esfolado, algum hematoma...

Nada.

O complicado dos corações partidos é isto, não dá para jogar água oxigenada em cima deles e soprar enquanto as bolinhas passeiam sobre a ferida. A única coisa que se pode fazer é catar os cacos.

Não existem cirurgias, não existem remédios que possam juntá-los outra vez. Você vai ter que deixar o seu coração, assim, despedaçado.

Fico sentada na mureta.

"Basta que você dê um assobio, e o papai vem te salvar..."

Aperto os lábios, sopro forte, mas eu não sei assobiar, papai... Ainda não aprendi.

O rapaz da mão boba senta-se ao meu lado.

Eu bufo.

Não estou com vontade de falar, muito menos com ele.

– Oi.

Eu me viro para o outro lado. Silêncio.

– Você se lembra de mim ou já esqueceu?

– Não sei como esquecer um desconhecido... – respondo, aborrecida.

– Bem, se você quiser, te digo como me chamo.

– Sim, me diga, por favor!

– Mario.

– Ah, menos mal, agora que sei seu nome, fico muito mais tranquila!

– E o seu nome?

– Alice – eu me esquivo e desço da mureta. – E agora, o que você vai fazer com o meu nome?

– Bom, já é um começo, Alice, certo?

Olho para ele e penso que não tem nada que possa me agradar, clássico tipo frequentador de academia, todo músculos e zero de gramática, sofre para pegar duas palavras e construir uma frase inteligível. Além disso, está usando uma camisa preta com um dragão vermelho cuspindo fogo nas costas, e uns óculos de sol Gucci de armação branca, mesmo que esteja uma escuridão total...

Enfim, mais mano que isso impossível.

– Vou apanhar uma cerveja pra mim. Posso trazer uma pra você também, Alice?

Giorgio sai pela porta do saguão e eu me sinto cada vez mais intolerante em relação a este desconhecido aqui.

– Vai, vai pegar sua cerveja, eu não quero.

– Ok – e ele volta para dentro da escola, pronto para beber sua cerveja escura na mesa das bebidas.

Giorgio se aproxima e sorri:

– Então? Deu seu telefonema?

– Sim.

– Você demorou um século! Não ligou pras Filipinas, né?

– Não.

Ele tenta fazer umas piadinhas, mas eu não estou com vontade de rir.

Ludovica chega à festa nesse exato momento.

Carlo está com ela, se aproxima, me dá dois beijos no rosto. Ludovica também faz isso, por imitação.

Penso que nem Judas teria sido tão descarado.

Depois Ludovica olha para Giorgio; eles se dizem um "oi" distante. Alguns dias atrás era um "oi" muito mais próximo...

Meus joelhos estão tremendo. E essa música que vem lá de dentro não para de perturbar meus ouvidos. The Killers explodem em *Somebody told me*.

Carlo e Ludovica entram na escola.

Eu e Giorgio ficamos ali.

Não temos nada para dizer.

– Então, mas o que você fez?

Devo lhe contar? Não, melhor fazer de conta que não houve nada.

– Nada.

É difícil fazer de conta que não houve nada...

– Como nada? Você está com uma cara... Está muito pálida.

– Eu disse NADA! – e coloco o celular na mão dele.

– Vai, divirta-se! – pego-o pelo braço e o empurro na direção da entrada da escola.

– Você não vem?

– Não, não quero arruinar sua reputação, vai ver que você se diverte mais sozinho...

E nem preciso repetir: "Nos vemos depois".

O mano volta com duas cervejas na mão.

Giorgio o observa por um instante, antes de voltar ao salão, com um olhar rápido; ele não desconfia de mim, sabe que me tem nas mãos.

O estranho vê Giorgio indo embora.

– Quem é aquele? Seu namorado?

– Não, é só um conhecido...

– Mas você tem namorado? Será que esta noite é minha vez de brigar com alguém?

– Fique tranquilo.

– Mesmo você não querendo, eu te trouxe uma cerveja. Então, se você mudar de ideia... – e me estende a cerveja. Uma Corona.

– Eu nunca bebo.

– A Corona é o máximo, não dá pra rejeitar!

Aceito a garrafa para agradá-lo. Fico com ela na mão, mas sem beber.

– E você? O que está fazendo nesta festa?

– Sou amigo do Luca do 3º B – a sala do Giorgio. – Ele me falou da festa e eu vim de bicão. Estou no segundo ano da Universidade, faço Economia na Roma Três. E você, Alice? É daqui desta escola?

Pela janela da sala consigo enxergar Ludovica e Giorgio, ele sorri e ajeita o cabelo dela atrás da orelha.

Mando pra dentro um gole de cerveja e outro, e outro, e outro, e outro...

Depois, alguma coisa me cai mal e começo a tossir.

O desconhecido dá uma batidinha nas minhas costas.

– Dá pra ver que você não está acostumada – e tira a garrafa de mim.

De qualquer forma, já estava quase vazia.

– Você está no último ano, Alice?

– Sim...

– Então já vai fazer as provas finais, não é? De todo jeito, é uma moleza, fique tranquila.

– E quem é que está preocupada?

Enquanto isso, alguma coisa começa a formigar dentro das minhas pernas e a escalar pelos joelhos. Deve ser a cerveja subindo.

A música está bombando na sala.

– É bonita esta! – diz o desconhecido.

– O quê?

– Essa música. A *bachata*.[3]

Então escuto com atenção e também a reconheço.

É *Obsession*, a febre do ano.

– É mesmo, é linda! Quero dançar!

---

[3] Ritmo da república dominicana.

Ele logo aceita a proposta.

Segura minha mão e entramos na sala.

Ludovica e Giorgio continuam a se falar ao ouvido, sentados um do lado do outro.

Eu e o desconhecido vamos para o meio da pista.

A mão dele está na minha cintura, e a minha em seu ombro.

Começamos a mexer os quadris e a acompanhar a música. Todos estão dançando, as garotas do primeiro ano, as do segundo, as do terceiro... Dançam e cantarolam no ouvido do rapaz que é o seu par. As mais prevenidas foram procurar a letra da música na internet e pediram que alguma amiga as ajudasse a decorar; as outras vão ter que se contentar em cantar o refrão, mas não vão fazer tão bonito.

Eu também sei essa música.

– Você é muito *sexy*! – diz o desconhecido, e fico pensando que se a minha mãe soubesse que todas aquelas aulas particulares e as viagens para Madri e Barcelona tinham servido só pra isso, não teria insistido tanto.

Ludovica e Giorgio são os únicos que não estão dançando, seria comprometedor.

Que se danem!

Eu danço com o meu desconhecido.

Ludovica e Giorgio ficam se falando no ouvido.

Que se danem!

Eu danço, danço como nunca dancei na minha vida.

Eu me encosto e me afasto do corpo dele, e me divirto brincando com a sua excitação.

Depois ele gruda os olhos nos meus e ri.

– Do que você está rindo?

– Não vou te dizer, senão você vai ficar brava – seus olhos respondem.

– Vamos, diga!

– Sabe, eu estava pensando que você se mexe bem quando dança e talvez também se mexa bem quando não dança... – e mordisca os lábios.

– Calado! Se você falar, só vai piorar a sua situação – e eu tento continuar a acompanhar a música e não pensar em nada.

– Posso te beijar?

– NÃO! – respondo imediatamente.

– Só um beijo! O que custa?

– Tem razão... O que me custa?

Aquele beijo nasce assim, no meio da pista, diante dos olhos de todos, na frente de Giorgio.

Eu o beijo com paixão, acaricio os cabelos e o rosto que nunca tinha visto antes daquela noite.

Ao mesmo tempo, olho pra ele, Giorgio. Depois de alguns segundos, ele torce a boca e tira os olhos de mim.

A música acabou.

– Chega! – empurro o desconhecido para longe e afasto a boca. – Vou ao banheiro um instante – minha cabeça está girando.

– Eu te acompanho!

– NÃO! Eu vou sozinha.

Deixo a água escorrer na pia e molho a nuca.

Estou melhor.

São onze horas, daqui meia hora meu pai virá me buscar.

Saio da escola, fico no pátio.

O mano vai atrás de mim, e André também.

– Então não era invisível! – e aponta para o desconhecido.

Dou um sorriso, contente por ter vencido o desafio.

– Bem, você não vai me apresentar?

– Este é o... o...

E me vem naturalmente dizer "Giorgio!". Porque eu imaginei aquela cena muitas vezes, me preparei muitas vezes.

Encontro no meu bolso o conselho do prof. Malari: "Alice Saricca, na vida não se pode estar sempre preparado", porque haverá provas surpresa que não se estava esperando. Eu tive surpresas o bastante esta noite...

– É brincadeira dela... Eu sou Mario. Muito prazer – diz o cara sarado, e dá um aperto de mão enérgico no André.

Mario! Era esse o nome dele!

André sussurra no meu ouvido:

– Mas onde foi que catou esse mano? – e volta para a sala sacudindo a cabeça.

Está na hora das músicas lentas para aqueles que se amam, hora de pensamentos tristes para aqueles que acabaram de perder o seu amor. Avril Lavigne canta *I'm with you.*

Ficamos sós, Mario e eu.

– Me dá o seu número de telefone? Talvez eu venha te buscar algum dia aqui na escola, podemos ir até o lago do Eur ou até Ostia. Agora que vai começar a esquentar...

– Não, deixa pra lá, faz de conta que eu nunca existi.

Ele me olha e não entende.

– O que quer dizer? Acaba aqui? Foi só uma ficada?

– Chame como quiser.

– Eu estava gostando de pensar que uma garota como você podia ficar com um cara como eu. Idiota, né?

Agora Mario provoca em mim uma ternura imensa.

– Não, eu é que sou a idiota – faço um carinho na cabeça dele, dou-lhe um selinho na boca.

Dividimos um sorriso.

– Agora eu vou pra casa. Você quer uma carona?

– Não, obrigada, meu pai já está vindo me buscar.

Sento sobre a mureta, esperando meu paizinho.

Daqui a meia hora ele virá para me salvar, para me levar pra longe de Giorgio, de Ludovica, dessa música lenta que não se dança sozinha, deste céu que nunca me dá ouvidos.

Nunca mais vou lhe dirigir a palavra, nunca mais vou falar com este céu. Irei mantê-lo a distância, e vou evitar ficar olhando para ele. E, pela última vez, levanto meus olhos.

Como está solitário o céu esta noite... Uma estrela, e só.

Giorgio sai no pátio e para na minha frente.

– Agora você vai me explicar, Alice!

– Eu não te devo explicações!

Desço da mureta e vou saindo dali, mas ele me segura pelo braço e grita.

– Não, agora você vai me explicar.

Tento me soltar, mas ele me segura com mais força ainda.

– Você beija um cara e eu não mereço explicação?

Paro, bem na frente dele, ponho os meus olhos a dois centímetros dos seus.

– Ah, você viu? Gostou? Eu também sei bancar a "vai-com-qualquer-um"!

– É mesmo, e perfeitamente!

Dou-lhe um tapa.

Ele fica parado, com os olhos grudados nos meus. Eu tampouco me afasto dali. Pergunto a ele bem baixinho, quase para não escutar:

– E a pele de Ludovica? Também cheira a cloro?

Ele abaixa os olhos e se afasta.

Agora sou eu que ataco, agarro-o pelo braço.

– Não, você não vai embora agora! Diga, Giorgio, que cheiro tem a pele dela? Que cheiro?

Ele me olha fixamente e grita.

– Cheira a SEXO, Alice, a SEXO. Ela não foge. Está contente agora?

Dou-lhe outro tapa. Porque fico sem forças para dizer qualquer coisa, e então vou buscar essa força no corpo.

Meu pai estaciona na frente do portão da escola.

Olho para Giorgio pela última vez, e agora ele é menos bonito e mais maldito. E seus olhos de piche não me dizem nada.

– Tchau, Alice.

– Vá se ferrar!

Meu pai sorri, me faz um sinal com a mão.

Abro a porta e entro no carro.

Ele engrena a marcha e sai da vaga.

– Então, princesa, como foi a festa?

– Ótima.

Sorrio, mas aquele sorriso de repente se banha inteiro.

– Ei, o que foi, está chorando?

Abro o espelhinho e finjo tirar a maquiagem do olho com o dedo.

Meu pai me olha preocupado, depois sorri.

– Sabe, Alice, de um jeito ou de outro, tudo passa...

– Mas pai, é só o meu rímel!

– Sim, entendi, mas quero dizer que ainda que esteja queimando agora, você vai ver que daqui a pouco essa queimação vai embora. Agora você chega em casa, enxágua o olho, amanhã você enxágua outra vez e vai ver como passa. Tudo passa...

– Até o amor passa, pai? Até isso?

Ele fica sério e dá um suspiro.

– Pense em tirar o rímel agora.

O tempo nos prega umas belas peças, corre para a frente e depois volta para trás. E eu sou novamente a menina de cabelos cacheados e louros que segurava o joelho esfolado enquanto seu papai lhe dizia:

– Já vai passar... Já vai passar.

Vai passar.

Milla dorme tranquila em seu berço.

Quanta calma há nos seus sonhos, Milla, quanta hipocrisia há nas suas fábulas. Agora eu vou te contar uma de verdade...

Uma princesa volta para casa às onze e meia da noite. O rímel está grudado, mas ela sorri e diz "Foi tudo ótimo", está com o sorriso todo banhado, mas sorri.

O baile não foi grande coisa, o seu cavalheiro fez sexo com a bruxa malvada; talvez tenha feito amor.

E você, Milla, ainda não consegue entender, mas é uma coisa muito mais grave, porque fazer amor com outra é como matar, é uma coisa muito triste.

Gosta do final, Milla? Não?!

Bem, eu também não. Mas o mundo que te espera é assim. E você não pode escolher o mundo. Quem é você para escolher? Uma pulga, como eu.

Basta um rabisco para fazer seus joelhos tremerem.

E quanto os meus tremeram esta noite...

– ALICE, VOCÊ NÃO VAI À ESCOLA? – MINHA MÃE FALA BAIXINHO E ME SACODE. – É muito tarde, são oito horas.

– Não estou a fim.

– Vamos, Alice, deixe de bancar a menininha, tá? Aqui já tem a Milla.

– Eu disse que não estou a fim!

– E você acha que eu estou a fim de passar todo santo dia aqui dentro, cuidando da casa, de você e da Camilla? E seu pai? Onde está o seu pai? Ele me dá uma mão? Esse homem nunca está aqui, é um estranho; eu vivo com um estranho! Ele fica fora o dia todo, e eu, enterrada aqui. Você acha que eu estou a fim disso, Alice?

– O problema é seu! A vida é sua. Cada um pensa na sua.

E enfio a cabeça debaixo do travesseiro.

Então, minha mãe arranca os lençóis da minha cama.

– Levante-se! Imediatamente!

– Já disse que NÃO-ESTOU-A-FIM!

– Mas ontem à noite você estava a fim de festa, né?

– O que você quer dizer?

– Que você está pouco se lixando para esta família.

Fico séria:

– Você está brincando?

– Não! E se eu fizesse como você? E se eu também saísse todos os dias o dia todo?

– Mãe, você já viveu seu tempo, já aproveitou. Eu não posso devolvê-lo a você, não é culpa minha se ele já passou.

– Ah, não é sua culpa? Pois bem, senhorita, vou te dizer uma coisa. Se você me desse uma mão aqui em casa e com a Milla, eu teria tempo para me cuidar, para ir pra academia, e o seu pai... Ah, deixa pra lá!

– O que você queria dizer? E o meu pai...?

– Se vocês estão pouco se lixando, sabe o quanto eu estou preocupada em levar adiante esta família? NADA!

Ela grita, grita como nunca gritou. Milla começa a chorar, então ela a pega no colo e tenta fazê-la adormecer novamente.

Depois se vira para mim:

– Está contente agora?

Fico ali plantada, sem entender. O que foi que eu fiz?

Acho que às vezes a gente tem que aguentar uma tempestade dessas, sem motivo, só porque alguém precisa desabafar um pouco.

Não, não estou a fim. Pego um jeans e uma camiseta do armário e calço os sapatos. Prendo meu cabelo com um elástico, tiro os livros da mochila e coloco o celular, a carteira e os óculos de sol.

– Aonde você vai?

Não respondo, ando rapidamente pelo corredor, em direção à porta. Ela me segue e continua a gritar.

– Muito bem, Alice, agora vai fugir! Você é realmente madura!

Chega, não aguento mais!

– Mas o que você tanto precisa descontar em mim? Eu tenho que te pedir desculpas de quê? De ter 18 anos? Sinto muito, mamãe, eu te daria meus 18 anos de bom grado, mesmo porque eles não valem nada...

Tiro a tranca, abro a porta.

– E hoje eu não vou para a escola! – grito, antes de bater a porta às minhas costas.

Carolina já chegou, com a vespa não demora nada. Mas eu nunca vou subir numa vespa, o equilíbrio sobre duas rodas é muito precário e, depois, se meu pai me pega, estou encrencada.

Chegamos a pé ao lago do Eur. Colocamos a jaqueta jeans atrás da nuca e nos deitamos na grama.

– Agora conte.

Começo a contar, falo sem me exasperar, como uma jornalista, procurando manter distância daquela história que me pertence.

Carolina não gosta do que estou dizendo, e a cada segundo me interrompe para comentar.

– Que história feia – e sacode a cabeça. – Que puta! – e arregala os olhos. – Claro que ele também dá nojo... – e tenta me fazer rir com suas caras engraçadas.

Carolina está deitada de barriga para cima, com o olhar perdido naquele imenso azul acima dela. Eu estou de barriga para baixo, observando-a. Briguei com aquele céu.

Uma hora se passa, e me dou conta de ter falado tudo. É estranho pensar que seis meses podem ser empacotados em tão pouco tempo, uma hora.

– Então, menos mal que você não tenha se entregado a ele... – é a sentença final de Carolina.

Depois ela me olha e sorri:

– Sua mãe deve estar contente agora, ela nunca suportou aquele tipo que não interfonava nem subia ao apartamento para te buscar.

– Minha mãe não sabe, não sabe de nada, não quero que pense que sua filha é alguém que se deixa passar para trás...

– Olha que o canalha dessa história é ele! E, de toda forma, você e sua mãe... Por que vocês duas não conseguem falar das suas fraquezas? Por que não podem se mostrar frágeis como são? Tenho certeza de que quando você experimentar uma emoção de verdade, daquelas de tirar o fôlego, não vai conseguir escondê-la, você vai se esquecer do seu papel, e ela do dela. E vocês vão parar com isso.

Fico pensando no assunto.

– Vamos, Alice, não me diga que não. Sua mãe é toda certinha, e você? Você é do tipo que não se permite sequer chorar. Ou é o rímel, ou alguma alergia estranha... Pô, Alice, você tem que viver sua vida! Tem que vivê-la completamente! A alegria, a tristeza, tudo! Não pode ficar se esquivando!

Carolina me abraça, e não me sinto mais tão distante daquela história que contei. Me desmancho.

– O que foi? Está chorando?

– Não, não, você sabe que eu sou alérgica... a abraços.

Ela ri. Eu tento.

– Sabe o que foi que escrevi na minha carteira na universidade?

– Não, o quê?

– Se a vida não sorrir pra você, faça-lhe cócegas! – ela me agarra pela cintura e começa a me beliscar.

Fica fácil rir e perder o fôlego, rir até chorar. Logo estamos, as duas, de barriga para cima, olhando para aquele céu e pedindo a ele alguma coisa.

– Alice, você se lembra de quando éramos pequenas e na noite de São Lourenço íamos à praia para olhar o céu?

– Claro que me lembro.

– Lembra? Você apontava o dedo e começava a contar as estrelas.

– Sim, mas tinha uma chata que empurrava meu dedo e me fazia perder a conta...

Carolina era uma peste.

– Vamos, mesmo porque era impossível, você nunca teria conseguido...

– Bem, quando eu era pequena, pensava: "quando eu encontrar o amor, vou poder fazer tudo, vou poder até contar as estrelas...".

– E agora?

– Agora eu acho que elas são muitas, demais...

Vou para o quarto arrumar a bolsa.

– Aonde você vai?

– Nadar.

– Quando é a competição?

– Domingo.

– Que modalidade você vai nadar?

Minha mãe está tentando me fazer perguntas porque é difícil demais dizer "desculpa". Fica dando voltas, mas nunca irá dizer. Verifica se tudo voltou a entrar nos trilhos, se eu levei a mal. Vou fingir que não levei a mal, e tudo voltará a ser como antes.

– Cem metros livres.

Depois, eu tento. E lhe digo:

– Olha, domingo, se você estiver a fim, pode ir me ver.

Ela para, pensa, inquieta-se.

– Não, não, eu tenho muita coisa para fazer...

Continuo a preparar a bolsa: touca, óculos de natação, maiô, roupão, escova de cabelo...

A seguir é ela quem pergunta.

– Escuta, como vão as coisas entre você e aquele Giorgio?

Eu paro, penso, inquieto-me.

– Ótimas.

Acabo de preparar a bolsa.

E penso que Carolina deve estar errada, que nenhuma emoção pode ser tão grande a ponto de fazer com que nos aproximemos. Fomos mal programadas: minha mãe dá um passo para a frente, eu dou um para trás; ela dá um passo para trás, eu dou um para a frente. E se os nossos movimentos são tão descoordenados, é impossível que nos encontremos.

Uma mensagem vinda da internet cai no meu celular.

É a primeira vez que ele me manda uma mensagem.

Giorgio.

Você não foi hoje à escola. Preciso falar com você.

É tudo um grande, um maldito equívoco.

Responda.

Eu sorrio com amargura e sacudo a cabeça.

Desligo o celular. Essa é a minha resposta.

– Sim, mas esta é a sua resposta definitiva? – alguém pergunta em um dos concursos que valem prêmios e passam à noite na TV.

Não estou mais tão certa daquela resposta.

Não sei mais onde está a verdade.

– 1 minuto e 57!

O treinador segura o cronômetro na mão, agitado.

Recobro o fôlego, dou impulso com as pernas, mexo-me mais.

– 1 e 53! Fica esperta, Alice!

Apanho outro tanto de ar e vou de novo para o fundo, giro os braços bem rápido.

Giorgio é como esta água, que você não consegue reter, e isso consome energia.

– Vai! Rápido!

Sim, o amor de Giorgio é assim, uma superfície líquida sobre a qual não se pode construir nada.

– Mexa esses pés!

Eu paro, me apoio na escadinha, tomo fôlego.

– Você está brincando comigo antes da competição? Na quarta-feira você fez 1 e 12...

Respiro a plenos pulmões, apanho todo o ar que posso.

– Ei, Alice, está me escutando?

Subo a escadinha, saio da piscina, tiro minha touca:

– Chega – digo, cansada, ao cronômetro, ao instrutor, a mim, que fico pensando.

– Alice, aonde você vai? A competição é amanhã, e o seu tempo não está bom!

Enfio a sandália de dedo, coloco a toalha em volta dos ombros.

– Olha que você hoje fez um tempo realmente vergonhoso!

– Encontre outra pessoa para amanhã. Eu não vou competir.

– Você está brincando? Quem vou achar para amanhã?

– Você vai achar alguém...

Pego a chave do armário e entro no vestiário. Estou cansada de brigar com a água.

– Vou ao um barzinho com a Carolina!

– Vocês não vão de vespa, não é?

– Não! – e desço as escadas.

São dez horas.

Carol estaciona sua vespa Scarabeo na esquina.

Ela me oferece o capacete e eu penso no assunto.

– Vamos, Alice, coloque este capacete!

Eu o prendo bem sob o queixo.

– Você está parecendo uma formiga!

Subo e seguro nela com força.

Ela gira o acelerador e dá a partida. Esse jogo de equilíbrio sobre duas rodas não me assusta. Meu medo esta noite é outro...

Ele sai da garagem com o seu Alfa 147.

Carolina e eu o seguimos.

Ele anda apenas alguns quilômetros e já estaciona o carro, toca um interfone.

Uma luz na sala indica o apartamento de Ludovica.

– Carol, encosta! – desço do selim, solto e tiro o capacete.

Gostaria de chamá-lo, de fingir tê-lo encontrado assim, por acaso, e dizer: "Como este é mundo pequeno...", sorrir e levá-lo embora, antes de vê-lo entrar por aquele portão.

Giorgio sobe as escadas. Depois de alguns minutos aquela luz se desloca para um outro cômodo, mais distante, e se cobre do mistério de uma cortina, para depois apagar totalmente.

Fecho os olhos e aperto bem forte, procurando não ver, não saber mais.

Here with me começa a tocar naquele quarto.

É uma música reciclada, eu a conheço bem, devia ser também a minha.

– Menos mal que era um *equívoco*...

Carolina fica séria, já viu aquele filme.

Ainda permanecemos um tempo ali, sem olhar, sem fazer nada. Paradas.

Depois ela diz:

– Vamos! – põe a vespa em movimento e acelera.

Eu me mantenho agarrada à sua cintura e curto o vento que acaricia meu rosto.

Me sinto mais segura, pelo menos agora eu tenho a minha verdade. Quando você tem a sua verdade, deve ficar contente, porque está livre, como esse ventinho que me afaga, me consola.

Você está livre. Não podem mais te contar histórias...

Você sente meu coração bater, Milla?

Eu não. Ele deve estar descarregado.

Melhor, talvez haja o fantasma de uma batida.

E ainda haverá por um tempinho.

Caberá a mim lembrar dele, e pode ser que ele seja triste, pode ser que seja bonito, pode ser que seja ridículo, ou talvez muito sério.

Eu me lembrarei dele, do que ele foi e do que não será, do que eu queria que ele fosse, mas não era.

Esta noite, porém, prometo uma coisa: não deixarei mais que me façam de idiota, não vou ficar me embelezando para um encontro, não vou ficar esperando um telefonema que nunca chega, não vou ficar imaginando o sorriso, o nariz, os cabelos de possíveis amantes, não vou morrer de desgosto, não vou me perguntar se ele quer um beijo ou mais de um, ou se é realmente o caso de perder a cabeça.

Vou amar as músicas, os livros, o mar, as árvores, os crepúsculos... Eu sei que essas coisas estarão sempre ali, pra mim.

O amor dos homens é diferente, Milla, muda rápido, passa de uma cama para outra.

E onde estará Giorgio agora? Ainda na casa da Ludovica?

Talvez já tenha voltado para a casa dele, fizeram depressa.

Sim, ele já voltou para casa, para os seus lençóis, e talvez, por um instante, ele também se pergunte: por quê?

Por que acaba? Mas, sobretudo, por que começa?

Jantares cheios de sorrisos, de pernas que se tocam, de mãos que se sentem sós... Por que começa?

Com as pessoas mais absurdas, com aquelas que, caso se conhecessem, evitariam umas às outras, aquelas com quem nunca irá funcionar, mesmo que por um instante te pareça que está indo maravilhosamente bem... Por que começa?

Não consigo encontrar uma resposta válida, nem mesmo uma única.

Sinto que errei completamente, desde o primeiro momento.

Me pergunto o que teria acontecido se eu o tivesse beijado ali, na frente de todos, se tivéssemos bebido juntos daquela água da fonte na praça de Trevi, se eu não tivesse lido as mensagens do seu celular, se tivesse lhe enviado uma mensagem de vez em quando, se não tivesse afastado o seu corpo do meu, aquela vez, aquelas vezes...

Talvez tudo estivesse igual, talvez não.

Talvez tenha sido melhor assim.

ESTOU ATRASADA.

Caminho, respiro fundo e repito a mim mesma: sim, eu vou dizer a ela.

Por que vou fazer isso, ainda não entendi.

Talvez apenas para ter uma discussão, para ter certeza absoluta, para ver se ela conta ou acoberta a verdade, para saber o quanto ela sabe, se ela é melhor que ele.

Talvez, mais simplesmente, somente para falar com ela sobre isso, porque se o fizer, ficarei um pouco melhor.

Entro na sala e faço a chamada com os olhos.

Ludovica não está ali.

Mas sua mochila está, aquela roxa cheia de broches coloridos e de chaveiros de ursinhos de pelúcia, ursinhos que vestem camisetas vermelhas escritas "Ludovica" e "TE AMO!", broches com a bandeira da Jamaica e com a folha da maconha.

Vou até Carlo e pergunto onde está Ludovica. E ele, nada. Fareja o perigo e lava as mãos... Bela dupla ele e Ludovica: Pôncio Pilatos e Judas.

Fica ali sentado na carteira, fazendo-se de espectador de uma cena na qual ele também tem um papel.

Eu o observo melhor, procurando encontrar nos seus olhos a transparência que conheço, mas não encontro, alguém a roubou.

Ludovica volta do banheiro com Giada. Eu me aproximo, tento controlar minha voz, acalmá-la.

– Preciso falar com você.

– Diga! – e coloca sua cara feia diante da minha.

Basta sua cara de pau para me enfurecer, para me fazer desatrelar a voz.

Finco os olhos em Ludovica. Aperto o gatilho.

Falo de Giorgio, o meu namorado, ex-namorado, das mensagens que ela lhe enviou e que deixavam pouco espaço para a imaginação.

Não falo do Fastlove Motel, do quarto 22, do número perfeito. Talvez para não sujá-la demais, talvez para não sujar o Carlo, talvez para não me sujar...

Minhas pernas tremem muito.

Ela nega, nega, nega!

Diz que só conhece Giorgio de vista, que nem sequer tem o número do telefone dele. E, depois, se as mensagens foram mandadas da internet, como eu posso acusá-la daquela assinatura? Nem o número do telefone dela estava no remetente...

Estou cansada de me colocar na pele dos outros.

Agora tenho a minha própria para cuidar.

Tenho a minha verdade, e ninguém pode me despojar dela.

– Ah, você não o conhece? Então por que ele dormiu na sua casa ontem?

As pernas de Ludovica são mais firmes que as minhas.

– Você é mesmo uma idiota. Ontem eu passei a noite com o MEU NAMORADO... – e lança um olhar para Carlo, coloca-o no meio, usa-o como escudo.

Os rapazes sorriem, trocam cotoveladas de cumplicidade e divulgam a novidade:

– Ouviram isso? O Carlo está comendo a Ludovica...

Carlo fica ali, calado, no meio dos outros.

– Diga a ela, diga você também, Carlo! – Ludovica grita para ele.

Carlo confirma a versão dela.

Todos dão um suspiro de alívio; é apenas paranoia da Alice, "aquela que constrói castelos no ar..."; dão risinhos, erguem os ombros e voltam aos seus lugares.

O sinal toca e avisa: acabaram-se as horas vagas.

Malari está para entrar na sala. É preciso colocar as paranoias debaixo do banco, meter os pensamentos na mochila. Mas minha mochila é de pouca capacidade. E mesmo que Malari já esteja na sala, eu continuo a me perguntar: o que foi que deu em você, Carlo? Por que acobertou a Ludovica? Por que manipulou a verdade?

Já sei que só ele pode me dar a verdade.

– Boa tarde, senhora, o Carlo está?

Fico ali, imóvel, esperando que a resposta venha do quarto dele.

Ele chega bufando.

Vamos para o quarto dele, um quarto pequeno cheio de discos velhos de 45 rotações pendurados nas paredes, álbuns de Morrison e dos Beatles, de Dylan e dos Stones, uma colcha xadrez, um criado-mudo de madeira clara, a bandeira da paz pendurada no armário.

Sento no chão e cruzo as pernas.

É desnecessário ficar fazendo rodeios...

– Por que você acobertou a Ludovica?

Preciso da confirmação do Carlo.

Porque, mesmo que eu tenha as provas, vez ou outra me bate a dúvida. Talvez eu tenha visto, lido, escutado mal, talvez aquelas mensagens não existissem, talvez seja realmente um equívoco. Talvez eu esteja com os sentidos errados. Todos os cinco? Seria bom poder acreditar nisso.

Ficamos em silêncio, cada um com suas dúvidas e suas certezas.

– Eu sei que você não estava lá ontem à noite! E você também sabe. Onde foi parar o Carlo que chegava atrasado e me olhava fixamente enquanto eu escrevia, aquele que pensava que para vencer não era preciso ferrar os outros, aquele que acreditava em algo?

– Morreu, Alice, morreu! Agora existe um novo Carlo, que funciona, que agrada, sim, agrada aos outros!

– Pode ser que agrade aos outros, mas a mim, não. Onde está o velho Carlo?

Ele pensa, olha pra mim, levanta-se do chão de repente, ergue o colchão e me mostra o seu segredo.

– Jure que não vai contar pra ninguém!

Coloco minha mão direita sobre o coração:

– Juro! – porque se você jura de coração, sua promessa realmente é válida.

Ele mostra um objeto de metal, todo amassado, e me explica que é uma espécie de lâmpada de Aladim.

– E o que você pediu à lâmpada?

– Pedi para me transformar num cara bem-sucedido, como os outros, e para transar com a Ludovica.

Ele me conta que encontrou aquele objeto na rua, enquanto voltava pra casa. Dentro dele tem um pó mágico.

Pego na mão aquele negócio, observo-o bem, sorrio:

– É maconha, Carlo, só maconha. E isto é um chilum,[4] uma droga de um chilum.

– Ok, mas funciona.

– Claro que funciona. Funciona porque você quis se afastar de si mesmo, dos seus problemas, e desejou com tanta intensidade que conseguiu. Mas os problemas continuam aí, mesmo que você se afaste! E agora você está mais enrolado do que antes! O Carlo de antes sabia onde estão os sentimentos...

– Sim, mas este Carlo aqui sabe o que é sexo!

– E pra você, essa troca foi válida?

– Não sei, preciso pensar.

Depois ele se abre, e me presenteia com a minha verdade.

– Ontem à noite eu me despedi dela às nove e meia; depois não sei o que ela fez, se esteve com esse Giorgio ou não.

O silêncio retorna.

– Você fez sexo com Ludovica?

– Não tudo, mas praticamente sim...

Tenho outra pergunta para ele agora.

Me dou conta de que a resposta para essa pergunta me interessa mais do que a da primeira.

– Você a ama?

Brinco com as chaves de casa, evito olhá-lo nos olhos.

– Não sei. Tenho que pensar.

– Você não tem que pensar, Carlo. A resposta está dentro de você. Volte a se escutar, e vai encontrar suas respostas.

Eu encontrei as minhas.

---

[4] Cachimbo de forma cônica usado para o consumo de drogas.

Em menos de um mês faremos o exame final do ensino médio.

De vez em quando encontro Giorgio pelos corredores da escola, vejo-o rapidamente na entrada, no ginásio, no portão.

Ele tenta se aproximar e falar disso ou daquilo. Eu me esquivo dos seus formalismos e volto para a sala.

Me vem à lembrança aquela música do Tiziano Ferro, que diz "eu penso um pouco em você, mas evito, você não me toca mais".

A lembrança dele é forte como um soco. Mas vou me exercitar em não pensar nele.

Ludovica e Carlo não se falam mais.

Agora eu e ele dividimos a carteira, o que é uma coisa estranha para mim, que nunca suportei estar todos os dias com a mesma pessoa e partilhar os livros com ela.

– O que aconteceu entre vocês? – pergunto-lhe no ouvido, enquanto Ricci termina a última rodada de perguntas.

As mãos de Carlo voltam a suar, mas ele não as esconde mais, sabe que gosto do seu constrangimento.

– Não nos falamos desde que você foi à minha casa... Naquela mesma noite eu fui na casa dela, queria transar, mas não me senti à vontade e fugi como um ladrão.

Sorrio. Não sou a única a fugir, a não me sentir à vontade.

Sim, Carlo voltou a ser o mesmo de antes.

Porém mais bonito. Colocou lentes de contato, usa roupas com menos coisas escritas e mais bom-senso.

Às terças e quintas-feiras vamos à piscina, enfrentamos a água juntos.

Seus ombros se alargaram, seus músculos se desenvolveram.

De vez em quando, por brincadeira, ele contrai o bíceps.

– Toca aqui, está como ferro – ele diz, e eu aperto com o dedo aquele músculo.

– Não, você ainda não chegou lá, eu tenho muito mais... – puxo a manga da camiseta para cima e mostro um bíceps que não assustaria ninguém.

Ele me olha, torce a boca:

– E aonde você vai com isso?

– Olha que todo mundo tem medo do meu bíceps...

Ele não acredita.

– Venha, vamos fazer um braço de ferro! – eu o desafio.

No intervalo, nos colocamos com os cotovelos sobre a carteira.

– Assim não tem graça... – ele diz depois de ter levado o meu braço lentamente até a carteira.

– É que te deixei vencer, como sempre – explico, e vamos pegar um café na máquina.

À tarde, vamos fazer compras na rua Cola di Rienzo. É uma diversão entrar nas lojas, experimentar roupas caras e levá-las a um preço baixo.

– Não, Alice, não ficou bem – e enquanto isso dá uma piscadela como para dizer "você está um encanto!".

– Ah, vamos, Carlo! Eu acho que ficou bom.

– Não. Está parecendo mal costurado, apertando dos lados... – e o vendedor se justifica:

– É só passar a ferro.

– Não, não, este está realmente mal costurado, vê? Aqui!

Eu faço a parte da moça que gosta do vestido:

– Sim, eu me vejo usando, não fica mal.

– Alice, você não pode gastar 200 euros em um vestido que apenas não fica mal. Por 200 euros, o vestido tem que ficar muitíssimo bem em você.

E, no final, o vendedor até nos daria de presente o vestido, apenas para nos ver desaparecer dali, para deixar de escutar Carlo reclamando de uma costura torta, de uma alça mais curta que a outra, de um zíper evidente demais.

Cem euros, e o vestido é nosso.

A cena se repete três, quatro vezes, em lojas onde nunca mais nos verão, porque, afinal, todos se lembrariam de nós.

– Amanhã eles vão colocar um cartaz com os nossos rostos e embaixo escrito: "Queremos vocês fora daqui".

Me faz rir a ideia de nós dois unidos naquela imagem.

– Sim, vão nos colocar para fora a chutes...

E uma vez, no cinema, nos expulsaram realmente.

Fomos ver *A Paixão de Cristo* no Cine Adriano.

Silvia Di Giosio estava algumas fileiras na nossa frente.

Ela e a mãe veem os filmes e depois passam o resto da vida comentando o que assistiram.

Carlo comprou uma tonelada de pipoca, e não sei se é porque o filme é pesado ou se porque eu não estou com fome, mas sei que comecei a jogar pipocas nas Di Giosio. Uma chuva de pipoca cai sobre elas, sujando seus ombros e cabelos de sal e manteiga, e depois a mãe dela se vira.

– Abaixe-se! – Carlo grita, empurrando meu rosto para trás da poltrona e também se abaixando.

– Quem foi o engraçadinho? – pergunta a mãe de Silvia. Todos gritam "Shh!" para ela e a tomam como insensível. Afinal, Cristo está morrendo diante dos seus olhos e ela está se preocupando com pipocas?

Carlo espera que a mãe de Silvia se vire para a frente, afunda a mão no baldinho, pronto para o arremesso, e a guerra continua.

Uma guerra-relâmpago, porque, depois de um tempo, o lanterninha se aproxima com a luz.

– Ah, são vocês... – nos apanha e atira para fora.

Carlo se afasta com o lanterninha, ergue os ombros, aponta para mim e diz, sério:

– Desculpe, é que a moça tem problemas... Estacionou na fase dos dez anos... Síndrome de Peter Pan, entende o que eu quero dizer?

O lanterninha se mostra compreensivo, sorri para mim e nos deixa ir embora sem pagar multa. Eu queria me enterrar de vergonha.

Voltamos para casa.

– Da próxima vez, faça você a parte do demente...

– Por quê? Você faz este papel tão bem...

Dou-lhe uma cotovelada.

– Por que você está brava? Eu disse a verdade! Olhe pra você! Tem dez anos, vive nas nuvens e acredita em contos de fada...

– Não mais – eu respondo, e olho para longe.

– Você não tem mais dez anos? Ah, mas isso é só um detalhe...

– Não, eu não acredito mais em contos de fada.

– E por quê?

Respiro fundo e conto tudo a ele: de Giorgio, dos seis meses, do quartinho de depósito, do motel, da sua necessidade de me esconder para se esconder.

Carlo me abraça forte e diz:

– Giorgio também vai passar, como Ludovica passou.

– Por quê? Você não pensa mais nela?

– Não!

– E o que foi que você fez?

– Sabe, Alice, alguns amores, os amores errados, são como vícios, é melhor largar.

– E como você faz para reconhecê-los?

– Você só se dá conta quando respira ar puro e se sente livre... então entende que é o ar puro que você quer.

Carlo fala sério, sério.

E vê-lo todo concentrado assim me dá vontade de rir.

– O meu ar eu já encontrei.

Não entendo, mas sorrio.

– Você é mais louco que eu...

Então ele se rende e recomeça a brincar.

– Claro que sou louco, de tanto ficar perto de você. Você me contagiou!

Dou-lhe outra cotovelada.

Ele ri e me abraça forte.

Eu penso que realmente tenho um pouco dessa síndrome de Peter Pan. Porque ainda estou procurando a Terra do Nunca.

Ou talvez a do Sempre, que, se existir, está bem escondida.

É hora do jantar e vamos andando de volta para casa, com o estômago reclamando de fome. Sim, nestes dias temos tido fome, mas uma fome atávica, que o jantar de casa não basta para saciar.

Uma fome que somente um crepe no Al 19 pode fazer passar.

Assim, todas as noites, depois do jantar, vamos calar o estômago.

Carlo diz que não é possível que sejam apenas crepes.

– Devem ter algum ingrediente especial, porque se não viermos aqui, eu vou para a cama insatisfeito...

– Pra mim, é a *nutella* – eu respondo, mas ele não está convencido. Tento comer meu crepe mantendo-o distante, o que não é fácil, mas pelo menos não me sujo.

Fico com a boca toda lambuzada de chocolate.

Acho que Carlo é um idiota! Com a desculpa de limpar meus lábios ele poderia se aproximar e me beijar... Mas nada...

Passa o dedo no canto da minha boca.

– Acho que a sua irmã, a Camilla, se suja menos do que você.

Sim, é um idiota!

– Shhh! Deixe eu aproveitar meu crepe... Vá falar com a minha mãe!

Sim, é verdade, a minha mãe...

Uma noite, ao voltar para casa, eu a encontrei ali, na sala, o controle remoto na mão e a TV ligada.

– Mãe! O que você está fazendo ainda acordada?

– E você, o que ainda está fazendo acordada?

– Fui jantar no Mexicano para comemorar a habilitação do Carlo. Eu tinha falado pra você.

– Ah...

Vou pegar um copo de água, a comida mexicana nos deixa com sede por uma semana. Enfio meu pijama e dou uma caminhada digestiva pelo corredor.

Percebo que ele não está em casa...

Volto rapidamente para a sala.

– Mas, e o papai?

– Não sei.

– Não sabe?!

– Está no trabalho.

Ela está com a voz embargada, presa pelas rédeas.

– Mas, mãe, é uma hora da madrugada!

– E então?! Ele precisa acabar um projeto, Alice.

Às vezes, as medidas não conferem. Me bate a dúvida e o medo de que as medidas que ele tem que tomar esta noite sejam de carne, não de construção. Recupero a necessidade de vigiar, de chegar em tempo e, desta vez, de parar tudo, sem ver uma luz cruel apagar num quarto distante.

– Você tentou ligar para ele?

– O celular dele não está pegando. Você sabe, no escritório não pega...

– Bem, então vá até ele!

Ela ergue o volume da televisão e da voz:

– Pare com isso, Alice! Vá para a cama que é melhor!

Eu vou, deixo-a ali, com os convidados do *Maurizio Costanzo Show* falando de história, e ela nunca se interessou nem um pouco por história, odiava essa matéria no colegial.

Gostaria de chacoalhá-la. Abra os olhos, mamãe!

Depois eu a observo às escondidas, por trás da porta da sala, ela enxuga os olhos com o punho e funga. Ela também é alérgica ao rímel...

Sinto vontade de abraçá-la. Coloco um pé na sala para me juntar a ela. Tento.

– Alice, ainda aqui? Não vai para a cama?

Compreendo que os seus olhos já estão abertos; são os meus que ela quer manter fechados.

Como os adultos são estranhos, né, Milla?

Eles têm medo das respostas.

Ou talvez já saibam quais são e não precisem subir numa vespa e ir espiar um apartamento para obtê-las.

Mamãe ficou na sala.

Talvez, um dia, ela encontre em você a filha amiga que não tem; e a deixe entrar, e demonstre sua fragilidade, dando-a para você.

E você então a receba, Milla, e valorize esse presente!

Eu ficarei observando vocês duas, escondida atrás de uma porta.

Abrace-a forte, também por mim.

E o papai? Onde está o papai, Milla?

Ele vai perder alguns passinhos seus, algumas das suas palavras novas. Talvez porque tenha um projeto para acabar, talvez porque prefira estar em uma outra casa, sem os seus brinquedos espalhados pelo chão e os meus pensamentos pelo ar.

E eu, quando o vir voltar para a casa na manhã seguinte, vou olhar para ele de modo diferente, como se olha para aqueles caras como o Giorgio; pior, porque sua ausência não machuca só a mim.

Você não, você ainda vai continuar por alguns anos a bater palminhas para ele, a enchê-lo com os seus sorrisos. Um dia, porém, vai entender, e vai sorrir menos, com os lábios mais apertados.

Irá encontrá-lo na rua, embaixo do prédio, e ele vai te pedir desculpas por sua ausência. E você, o que vai fazer? Vai aceitar as desculpas? Talvez sim, apenas para experimentar um abraço dele, para ver se o seu sangue ainda se lembra dele.

Não vai ser fácil, Milla, mas por enquanto tudo está no lugar certo. Durma. E amanhã, quando acordar, o seu papai estará novamente aqui.

Para você, ele nunca terá ido embora.

Está tudo certo, Milla, amanhã ele irá te encontrar batendo palminhas, "que o papai vai chegar e muitas coisas bonitas pra você ele trará".

Fico de barriga para cima e penso, quantas coisas mudaram este ano, quanta vida nova ganhou forma... Eu não gosto desta forma, prefiro outro modelo.

Queria um mundo mais maleável, que não escapasse ao nosso controle, que não nos arrastasse para onde quisesse.

Um mundo pequeno, que desse para colocar no bolso como um chaveiro.

Penso que seria bom se a vida fosse como um crepe, que se pode rechear à vontade. Quer com amêndoas? Colocam amêndoas pra você. Quer com côco? Colocam côco pra você. Mas a vida é uma comida pré-cozida, alguém escolheu os sabores por você. E o que se pode fazer?

Nada, "ou você se curva, ou você se parte", como diz Malari quando quer ameaçar um aluno.

Eu não quero mais me curvar. Tenho desejo de revolução.

Vou erguer as mangas e começar a consertar o mundo. E vou começar por esta família, vou fazer o papai voltar para casa; a alergia da mamãe vai passar, e até a minha.

Tudo irá às mil maravilhas.

E eu não passarei mais as noites olhando para este teto.

Tantas vezes ele me fez companhia... Tantos sonhos eu grudei nele...

Estão ali, pendurados, esperando que alguém os recolha.

Eu não sei quais são as épocas da maturação.

As azeitonas são colhidas em novembro; as uvas, em setembro. E os meus sonhos? Eu não sei. Talvez eu os tenha semeado mal, talvez não tenha havido sol suficiente. Mas faz tanto tempo que eu espero, e nada cresce...

A árvore dos sonhos não quer dar frutos.

Depois de uma noite como esta, não se pode fazer outra coisa senão pegar o sono pela mão e arrastá-lo para a escola com você.

Malari entra na sala, põe a pasta de couro sobre a mesa e se senta.

Falta pouco para os exames do fim do ensino médio, e assim é chegada a hora de os professores nos explicarem algo sobre isso.

Malari fala, fala, fala de coisas que nós sabemos há séculos e séculos, amém.

– A primeira prova é sobre atualidades, um pequeno ensaio ou um artigo de jornal, uma análise do texto...

Depois de alguns minutos, começa a retórica dos conselhos:

– Sobretudo, meninos, lembrem-se de não ser muito resolutos: ou tudo branco... ou tudo preto... Lembrem-se do cinza. Na vida, o melhor é manter o equilíbrio.

Silvia Di Giosio, eternamente na primeira carteira central, mexe para cima e para baixo seu cabeção. E se o mundo continuar a caminhar assim, com tantas vaquinhas de presépio que fazem "sim, sim" com a cabeça, eu nunca vou colher meus sonhos.

É preciso fazer uma revolução.

E para mudar o mundo é preciso ter coragem de dizer não, é preciso começar a enxergar as cores. O cinza? Não existe! Você tem de correr em uma única direção.

Levanto a mão e espero até que Malari veja o meu dedo bem apontado para o alto e me deixe falar.

– Professor, cada um escreve o que pensa. Se enxerga branco, escreve branco; se é preto, escreve preto. Por que deveríamos nos diluir? Deixem pelo menos o pensamento ser o que é!

Malari torce os lábios:

– Alice, você pode escrever o que bem entender, pode escrever até que é amarelo-limão! Nós não estamos absolutamente em tempos de ditadura!

Prometo a mim mesma que vou escrever amarelo-limão, que vou escrever a cor mais absurda, ou melhor, vou inventar uma cor nova, jamais vista.

– Sim, está bem, não há ditadura, é o que se diz, mas aqui tudo está sendo privatizado: o ensino, a aposentadoria, a saúde... E agora, até o pensamento!

Carlo olha para mim como se eu fosse louca.

Malari sorri:

– Alice, por acaso você acordou hoje com vontade de fazer a Terra girar ao contrário? Não estou entendendo com o que é que está brava.

Eu vou até o fim:

– Estou brava com vocês adultos, que deixaram de enxergar as cores! Cansei de fazer de conta que tudo está bem, aqui nada está bem... C-H-E-G-A!

Todos os outros ficam olhando para o chão, imóveis. Sentem vergonha por mim.

Alice Saricca ganha uma advertência porque *está perturbando o desenvolvimento regular das aulas.*

– Cuidado, Alice. Outra loucura dessas e você arrisca seu exame do ensino médio.

Obedeço ao poder, mas faço barulho.

Sento de repente na cadeira e meto os cotovelos sobre a carteira.

Um barulho forte, no silêncio reprimido da sala.

Aquela é a última palavra. A minha.

Carlo me acompanha até em casa.

Tomo coragem e me convenço de que minha mãe não vai ficar tão irritada assim com essa advertência. Pelo contrário!

– Ficará orgulhosa de mim. Ela também queria mudar o mundo. Meus pais se conheceram justamente fazendo rebelião na faculdade de arquitetura em Valle Giulia.

Sorrio pensando naqueles dois jovens que trocavam beijos entre uma faixa e um megafone e que não tinham nada em comum: ela, rica e inteligente; ele, bonito e rebelde, sempre pronto para filar um cigarro, unidos apenas por uma ideia, talvez nem tão boa.

Às vezes, basta uma ideia, uma ideia qualquer, para você sentir que não está caminhando em vão, que está indo para algum lugar.

Que fim levaram aqueles dois jovens?

Subimos as escadas de casa, tiro as chaves da mochila e abro a porta.

– Peço encarecidamente, Carlo, veja se me defende na frente dela... Oi, mamãe!

Ela está com os olhos vermelhos, a alergia ainda não passou.

– Boa tarde, senhora.

Carlo a cumprimenta, ela nem sequer responde.

Afundou raízes na sala, na frente da TV, afinal, todos os programas a interessam, um igual ao outro.

– Levei uma advertência.

Ela não se perturba:

– Depois falamos sobre isso.

Nunca falaremos sobre isso.

Vou para o meu quarto.

Carlo entra e fecha a porta, não sossega:

– Você podia ter evitado tudo isso... – repete e olha para mim preocupado. Consegue percorrer quilômetros e quilômetros naqueles vinte metros quadrados de quarto.

É estranho, porque estou sentada no chão com as pernas cruzadas e penso em tudo, menos naquela advertência idiota. Penso no meu pai, na minha mãe, na Camilla, nos meus sonhos... Mas não propriamente naquela advertência.

Carlo fica andando, passa as mãos nos cabelos e bufa.

Eu tenho um ataque de riso.

– Do que você está rindo? Olha que você está realmente na merda!

– Exatamente, EU é que estou na merda, VOCÊ não!

Ele não gosta daquela distinção, EU/VOCÊ, mas não admite:

– Você sabe como eu sou, fico nervoso por tudo!

– Sim, mas desse jeito você me põe nervosa também.

– Está bem, então vou embora.

– Sim, vá. É melhor.

Ele abre a porta do quarto, me lança um último olhar preocupado e eu recebo sua preocupação como um presente. Tem medo por mim, tem medo comigo.

Me faço de forte.

– Calma, mesmo porque *amanhã é outro dia*... Tchau.

Fecho a porta.

Agora estou sozinha. E não é melhor.

Amanhã não é outro dia, é sempre o mesmo, reciclado. Porque Deus tem muitas coisas mais importantes para fazer, e não pode interferir no universo para modificar os nossos dias e satisfazer às nossas fantasias. Deus é justo, mas é muito ocupado; como a minha mãe, que me diz "não, não posso, tenho tanta coisa para fazer...", e que tem a casa para cuidar e os filhos bagunceiros.

E amanhã não é amanhã, é o dia de sempre com um nome diferente.

E Malari não esquece.

– Se você for contra o Malari, vai ter um problemão.

São conselhos de gerações que os estudantes passam de ano em ano, conselhos nascidos nos corredores, nos banheiros da escola, conselhos que subiram as escadas correndo, que chegaram aos ouvidos de todos e foram lidos em voz alta, como as circulares.

– Se ele não perdoa a ofensa, o nó está dado... – Carlo diz.

– Só espero que esse nó seja tão apertado que lhe impeça a circulação.

– Alice, o que você está dizendo?

– Vamos! Eu disse isso de raiva. Olha que os professores vivem muito tempo graças às nossas maldições. É como quando você sonha que alguém morreu e acaba esticando a sua vida.

– Companheira Alice, dá para parar de falar? – Malari grita para mim lá da sua mesa.

Eu gostaria de responder que "companheira" é a mãe dele, ou a mulher, se é que tem uma...

Malari está interrogando Giada, André e Silvia di Giosio sobre a poesia das duas décadas fascistas.

Enquanto Silvia repete, até nas vírgulas, tudo o que encontrou no *Segre*, o livro de italiano, Malari olha para mim. Nem ele aguenta escutá-la. Ela fala feito uma metralhadora, e não dá pra entender se está falando de Mussolini ou se está recitando uma lenga-lenga.

Malari fica me olhando, sim, me olha. E os olhos dele estão rindo de alguma ideia...

– Companheira Alice, vá pegar um café para mim, assim fica calada! – tira a carteira do bolso, abre-a e vira vinte e cinco centavos sobre a mesa.

Eu me levanto da carteira, apanho as moedas.

– Quanto de açúcar?

– Amargo. Se você se lembra, companheira Alice, eu tomo amargo.

Vou em direção à porta e digo em voz baixa, quase para mim mesma: "Canalha...".

– O que foi que você disse, Alice, por favor?

Eu fico calada, que é melhor.

– Nada.

Mordo os lábios de raiva.

Enquanto isso, Malari me olha. Sorri.

Por um instante penso que talvez seja apenas o seu jeito de brincar, que ele já esqueceu a rebelião de ontem.

Talvez ele tenha percebido que exagerou nos comentários. Ele vai me pedir desculpas.

Se essas desculpas chegarem, o mundo poderá mudar.

A revolução existe.

A CASA ESTÁ ESTRANHAMENTE SILENCIOSA. MAMÃE E MILLA ESTÃO FAZENDO compras.

Papai está na cozinha, mas me falta coragem para ir abraçá-lo.

– O que houve com você?

– Deixa pra lá, tive um montão de trabalho... – mas achou tempo para fazer a barba e tomar um banho. Está todo perfumado. Preparou um macarrão para ele na manteiga com *ketchup* e parmesão, um macarrão remediado porque mamãe ainda não voltou para casa, e até que ela volte a geladeira está vazia.

Ele escorre a massa e coloca em um prato fundo.

Eu o observo, procurando alguma coisa diferente, um vestígio.

Ele afunda o garfo no prato.

– Então, o que é que há? Por que você está me olhando assim?

– Me dá um pouco do seu macarrão?

– Deus do céu, o que aconteceu? Nada de barrinhas de cereais hoje?

Me sento ali, ao lado dele.

– Não, não como mais barrinhas, juro!

Ele me olha sem entender. O que foi que aconteceu? Onde está a sua filha? Aquela que embirra, aquela de sangue quente, aquela que vence ou perde, aquela para quem o empate não existe, aquela para quem só existem dias sim e dias não, jamais dias talvez. Ele conhece bem aquele sangue que ferve: é o seu.

– Então, vou roubar um pouquinho de você, ok? – apanho um prato e um garfo do guarda-louça e pego metade daqueles cento e cinquenta gramas de massa.

Ele me olha e sorri. Não está acreditando.

– Viu quanta coisa pode mudar em dois dias?

Ele faz que sim com a cabeça.

Tratamos de colocar as pernas completamente embaixo da mesa, cuidando para não nos sujar.

– Senão, a mamãe vai ficar furiosa... – ele diz.

Mando pra dentro a primeira garfada.

A massa está cheirando a cola.

– Está nojenta?

Obrigo a segunda garfada a descer.

– Não, está boa! – continuo a comer e a olhar para ele.

Ele empurra o prato e diz: – Não, está horrível, e chega! – vai até a lixeira e joga tudo fora. Ele não sabe se adaptar.

Senta-se novamente.

– Sabe, Alice, estou achando que vou ter que viajar por umas semanas. Me ofereceram um contrato de empreitada na Toscana. Pagam bem. O que você acha?

Eu também paro de comer.

– Mas, pai, daqui a algumas semanas serão os meus exames, você não vai me ver?

Ele pisca e diz:

– Pagam muitíssimo bem. Com esse dinheiro, assim que eu voltar, vamos todos juntos fazer uma bela viagem, como nos velhos tempos. E depois, em setembro, vamos comprar um carro para você. Já decidiu qual você quer?

– Quero que você fique aqui. E estou certa de que se a Milla pudesse falar, também diria isso...

– E se eu quisesse ir?

– É assim tão importante esse trabalho?

– Creio que sim.

– É mesmo um trabalho?

Ele toma um gole de água.

– Claro que é um trabalho, Alice, o que você está pensando? Seu pai trabalha, não anda com prostitutas de modo algum.

– Mas você traiu a mamãe?

– Você enlouqueceu? Eu gosto muito da sua mãe...

Percebo que meu pai é como todos os outros, que ele também enxerga em cinza. "Gosto", ele diz, porque os adultos são pouco claros e não sabem dizer "eu a amo" ou "não a amo".

A porta de casa se abre. Elas voltaram.

– Alice! – minha mãe chama do corredor. – Pode me dar uma mão aqui?

Já vou me levantando, pronta pra disparar.

– Fique aí. Deixe que eu cuido disso – meu pai vai ao encontro dela.

Ela lhe passa os pacotes sem dizer nada.

Há dois dias que eles não se veem.

Carolina

Grandes novidades em vista.
Taça maxi na Giolitti do Eur.
às 21:00.
Não de sorvete de fruta,
de chocolate com creme!
Dane-se a dieta!
Até a noite.

Carolina é o único ser no mundo que leva mais tempo do que eu para se arrumar.

Estou sentada em uma mesinha para duas pessoas há vinte minutos, enquanto a garçonete continua a me perguntar se eu quero fazer o pedido, se realmente tenho certeza de que não quero fazer o pedido.

– Nããо! Vou esperar! – digo-lhe aborrecida e tamborilo os dedos sobre a mesa ainda por um tempo, desloco o porta-guardanapo um centímetro para a direita e um centímetro para a esquerda.

Finalmente, Carolina chega com meias soquete multicoloridas e uma bolsa indiana. Pede duas taças: chocolate com creme com dois beijus; melhor, quatro. Está com desejo de açúcar esta noite.

Depois se senta e me mostra a língua: uma bolinha de metal desponta entre os seus lábios.

– É esta a grande novidade?

– Não, isto é só um *piercing*. Bonitinho, né? A novidade é... Hummm! – e passa a língua sobre o lábio superior quando a garçonete chega com os nossos sorvetes.

O creme está em equilíbrio precário, e Carolina já está ali com o dedo, pronta para apanhá-lo e colocá-lo na boca.

– Desembucha! – e lhe dou um sorriso de encorajamento.

Ela tira da bolsa um cartão postal e o coloca sob o nariz: é uma imagem da Sagrada Família.

Meu sorriso logo se recolhe:

– O que você quer dizer?

– Fui aprovada para o Erasmus, você acredita nisso? Eu ainda não. Vou estudar por um ano em Barcelona. Meu avião sai dentro de vinte dias.

Neste ponto eu já não entendo mais nada.

– O que deu em vocês todos? – eu estouro. – Toscana... Barcelona... Vocês fogem e eu fico. É mais difícil ficar – apanho o chaveiro e o celular da mesa e os recoloco na bolsa. Quero ir embora dali.

– Estamos falando da oportunidade da minha vida, Alice. Erasmus, caramba! Eu vou poder deixar tudo para trás, até o Marco. E recomeçar.

Os patos do lago esvoaçam e desenham círculos acima da minha cabeça. Até as pessoas, às vezes, têm necessidade de migrar, de mudar de ares.

– O que você está querendo dizer, Alice?

– Nada.

– Quem mais vai partir?

– Ninguém.

– O Carlo?

– Não.

– O Giorgio?

– Não.

– Então, quem é que vai para Toscana?

Quem falou de Toscana? Eu? Impossível.

– Você entendeu mal.

Levanto e vou embora.

– Boa viagem. Dê notícias quando voltar.

Folhas brancas à minha frente, pensamentos que querem se tornar papel.

Na rádio está tocando *I'll stand by you*. E tem gosto de saudade.

Para Carolina

Oi, Carol

Sabe, de vez em quando me vem a dúvida: vale a pena amar se depois você se arrisca a ficar mal?

Agora me parece que não.

Agora me parece que todos os sorrisos que dividimos não bastam.

Você costuma dizer que "Se você ama, sofre, mas pelo menos ama; se não ama, sofre do mesmo jeito e não tem nada em troca".

Talvez você tenha razão.

Esta noite penso em nós, exclusivamente.

Você se lembra do primeiro verão em que fui para aquele curso de férias? Três semanas sozinha, com medo de me perder na St. James Square ou em alguma outra praça estrangeira.

Você me disse: "Ah, se você se perder, escreva!".

Pois bem, esta noite eu me sinto perdida, e então me armo com uma caneta e tento dar uns pontapés em todos os meus fantasmas.

Afinal, isso está certo.

Vá pegar o seu voo! Desapareça de tudo e de todos!

Mas escreva! Mande uma carta, uma mensagem, um pombo-correio, enfim, dê um sinal de vida, e eu estarei aqui pronta para recebê-lo.

E depois, talvez eu vá te encontrar neste verão por uns dias: vamos tirar uma foto como duas bobas, com castanholas e de *sombrero*; vamos nos entupir de *tapas* e mandar pra dentro um bom vinho catalão;

vamos nos apaixonar por algum dançarino, por um Banderas, por um rapaz que virmos num parque, por um garçom gentil.

Aproveite, Carol.

Eu ficarei em um bolso da sua mala, estarei lá quando alguma colega sua de quarto te pedir para passar sombra em seus olhos, e também quando um rapaz com quem você sair à noite te perguntar o que tem de bonito em Roma e te bater um pouco de saudade desta cidade idiota, da qual você não vê a hora de fugir.

Vai. Vai rápido. Sem remorsos.

Mas, daqui a um ano, vê se chega pontualmente.

Vou te esperar no Al 19.

Vou pedir dois crepes de *nutella*, melhor três, porque talvez, com a viagem de volta, você vai estar com muita fome. E dividiremos também aquele terceiro crepe, como sempre dividimos tudo.

Gosto muito de você, Carol, muito mesmo.

Alice

Para Alice

Oi, Alice. Por que você faz assim? O que foi que aconteceu?

Você está assustada, como alguém que está lutando sozinho.

Não está sendo fácil para você, eu sinto.

Sinto que estão te acontecendo coisas que você não me conta, você as tranca dentro de uma gaveta e joga fora as chaves.

Aquela noite, na Giolitti, você estava com o olhar de quem caminha no meio de ruínas.

Que ruínas são essas? O que é que ruiu, Alice?

Por que você não me conta mais nada sobre a escola, sobre o Giorgio, sobre o Carlo? Quem é que vai para Toscana? Por que tem tanto silêncio quando eu vou à sua casa?

Não tenha vergonha dos erros dos outros.

Não foi você quem quebrou o vaso.

Não é culpa sua se alguém vai embora, não é culpa sua se o Giorgio é o que é.

Se apenas me contasse... Quantos outros "se" existem?

Mas você nem pensa em contar. Me escreve e está contente, se esforça para estar.

Não vou te fazer perguntas, Alice.

Entre nós sempre houve aquele pacto: nada de perguntas, mesmo porque, no final, nos dizíamos tudo do mesmo jeito.

Desta vez você não diz, e eu não pergunto. Não vou romper o pacto.

Mas estou aqui.

Grite, e assim eu vou poder te ouvir mesmo a distância.

Pô, Alice, nós ainda somos nós, mesmo se a vida nos separa. Você tem que tentar ser forte, ainda que não seja.

Não permita que ninguém esmague seu coração.

Siga em frente, siga o seu caminho. Eu seguirei o meu. E nos encontraremos em um cruzamento. Tenho certeza disso.

Tchau, pequena.

Carolina

CAROL

Não se preocupe, são bobagens.
Eu complico minha vida, só isso.
Pense em arrumar as suas malas
e em não esquecer nada. Alice.

É mentira, mas não quero deixá-la com pensamentos incômodos.
Não vou lhe dar uma bagagem pesada.
Quero vê-la partir bem leve.

TODOS ESTÃO PRESENTES, TODOS OS VINTE.

Hoje é um dia importante. Porque é o último dia de escola das nossas vidas. Nos olhamos sorrindo, prontos para seguir e sermos seguidos com uma garrafa de água na mão, prontos para nos vingar do garoto ou da garota que por cinco anos não se dignou a nos olhar na cara, da *cdf* que não nos passou a tradução, do amor que nos fez sofrer e – por que não? – prontos para dar um banho em um novo amor e assim possibilitar um novo encontro. Com uma garrafa de água na mão, dizer um "oi, desculpa", porque "desculpa" é bom para ajudar a se conhecer.

Ela vai tomar o maior banho de garrafas d'água hoje: ela, Silvia Di Giosio.

Por todas as vezes que nos espionou, que fez "sim, sim" na sua carteira da primeira fila, que soprou errado, que lambeu o rabo dos professores, e por aquele seu nariz enorme, pelos seus cabelos ensebados, pela sua pele, que cheira azedo.

Quantos apelidos nós lhe demos: Tanque, Iogurte, Mamute, Come-fogo, Mafalda, Azedinha, Úrsula... Mas não é o caso de perder tempo para explicá-los.

Hoje estamos nos sentindo leves, mas é uma liberação parcial, porque dentro de quinze dias estaremos novamente aqui, sentados diante da mesa dos professores e eles vão fazer as contas do que fizemos nestes cinco anos.

Os professores chamam de "avaliação final", mas, indo direto ao ponto, é a conta da compra: alguém vai ter colocado no carrinho algo que não devia, outro vai chegar ao caixa e terá que pagar mais do que aquilo que comprou sem poder fazer nada a respeito. Terá que pagar, e só, porque a escola é como um supermercado, mas sem guichês para reclamações.

E depois, daqui a quinze dias, a libertação verdadeira, de jeito nenhum como o dia da independência...

Eu passo a aula de religião no banheiro, com a torneira aberta no máximo. Encho uma garrafa atrás da outra e acabo ensopada pelos esguichos que escapam para fora da pia.

Sinto um frio molhado sobre mim.

A camiseta de algodão ficou transparente na parte da frente.

Malari entra na sala, é a última aula de italiano de nossas vidas. Que poderia ser uma hora cheia de sorrisos e dos melhores votos para o nosso futuro, quando se poderia ler alguma poesia que nos unisse, a todos, ali, naquelas palavras, no desejo de viver e de enfrentar o que o futuro nos reserva. Mas Malari desperdiça aquela aula ameaçando:

– Na prova oral nós iremos acertar as contas... – e seus olhos brilham com esse poder.

Faltam poucos minutos. Estamos prontos para sair em disparada, com as mochilas repletas de bombas de água e os pés cheios de pressa.

O sinal toca pela última vez. E até sua voz metálica parece doce e entusiasmada, como se ele também quisesse se jogar no meio daquela guerra de água, perseguir e ser perseguido.

– Alice, eu gostaria de trocar duas palavras com você – Malari diz.

Eu me ilumino:

– Claro – vou receber as desculpas dele.

Todos os outros escapam, somente Carlo fica ali, me esperando.

O professor pergunta se ele também pode sair da sala e fechar a porta.

Ficamos a sós, Malari e eu.

Impressiona um pouco ver aquelas carteiras vazias, me faz sentir como se tivesse deixado o lugar para alguém que nem sequer conheço. Alguém que vai ler as palavras que EU gravei, que vai se esconder naquele mesmo canto da carteira onde EU me escondia para escapar das arguições, alguém que vai bater o pé no chão com o mesmo ritmo nervoso que EU batia.

Alguém que vai roubar um pouco da minha vida.

Impressiona, eu me sinto assaltada, e de passagem.

– Sente-se, Alice.

Ele me oferece a cadeira do poder. Eu me sento.

– Alice, eu mantive suas notas. Vou apresentá-la com nota nove no final dos exames mesmo se, depois do seu descarrego de raiva do outro dia, você não merecesse sequer ser aprovada.

Dou um suspiro de alívio. Malari está com a voz calma, não parece ter algum rancor em relação a mim. Menos mal...

– Obrigada, professor.

– De nada. Tenho uma profunda estima por você, e sei que não irá me decepcionar.

Depois, me lança uma cascata de elogios.

Fico vermelha, sorrio.

– Vê como você é bonitinha quando deixa de bancar a revolucionária e sorri...?

Ele me mede da cabeça aos pés, e depois seu olhar se fixa na minha camiseta branca encharcada. A camiseta ainda não secou. Tento desgrudá-la na parte da frente, para esconder os seios, mas em poucos segundos ela volta a se colar.

– Por que você está toda molhada?

– Levei umas esguichadas da torneira.

Os gritos dos colegas que se perseguem sobem do pátio.

– Você também quer participar dos festejos do último dia?

– A ideia era essa.

– Então fico contente de tê-la roubado desse costume bárbaro. Em compensação, gozo o privilégio de poder vê-la em roupa transparente...

Os olhos dele apontam para os meus seios, sua voz se abaixa, fica pastosa.

– Estou notando, com prazer, que você não está usando sutiã.

Deixo de sorrir. Olho para baixo e vejo os mamilos endurecidos pelo frio que despontam pela camiseta.

Cruzo os braços sobre o peito.

– Não se cubra!

Agora a voz dele está dura, uma ordem que pretende obediência.

Me levanto de supetão, agarro a maçaneta.

– Pare! É assim que você me agradece pela confiança?

Corro, fujo correndo, rápido como nunca corri antes.

Ágil, em direção à saída.

Carlo ainda está ali, me espera nos degraus do saguão.

Pego-o pelo braço e lhe dou um puxão:

– Vamos!

– Mas o que foi que aconteceu?

Caminho em silêncio, mais rápido do que os maratonistas.

– Calado! Calado, e rápido!

Onde você estava, Carlo?

Por que não subiu?

Por que não desconfiou?

Em poucos minutos chegamos em frente à minha casa.

Não o deixo entrar, fecho a porta na cara dele.

– Você é um cretino... Só sabe estar presente nas horas erradas!

Ele continua a perguntar:

– Alice, mas o que foi que aconteceu?

Carlo, 15:00.

Este "cretino", que só sabe
"estar perto nas horas erradas",
vai passar pra te pegar daqui a dez minutos;
vocês irão a algum lugar
e você vai lhe contar tudo.
Não pode dizer não!

Alice, 15:01

Não!

Carlo, 15:05

Então você está fazendo de propósito!
Chega! Vou até aí e te obrigo a falar.

Alice, 15:06

Não!

Carlo chega lá embaixo, no portão do meu prédio, e toca o interfone.

– É o Carlo, me deixe subir e vamos conversar.

– Não.

– O que foi que aconteceu, Alice? Me explique.

– São coisas minhas, você não tem nada a ver com isso.

– Você não pode fazer assim, Alice. Não entende que não existe mais a diferença EU/VOCÊ?

Essa frase me comove. Abro a porta para ele.

Vamos para o meu quarto.

Ele olha em torno e me pergunta que sentido têm aquelas frases que eu escrevi nas paredes: Hikmèt, Saba, Merini... Cada gota de tinta tem a sua história.

Se a vida não ri pra você, faça cócegas... assinada pela Carol, e uma frase encontrada sobre um banquinho na estação Termini:

As almas, assim como os corpos, têm fome:
Queremos pão, mas também rosas!

Estrofes de músicas. Seal: *I need Love. Love is what I need to help me know my name.* (Eu preciso de amor. Amor é o que preciso para me ajudar a conhecer o meu nome.)

Os olhos de Carlo se demoram numa poesia minha:

Eu ainda estou aqui,
conversando com o céu.
Que tem braços grandes
e sorriso de centelhas,
Que está todo vestido,
vestido de estrelas.
Mete medo esse gigante
que me afaga a cabeça,
e, silente, me vê viver.
Queria contar suas estrelas
Para conhecê-lo melhor,
e descobri-lo meu amigo.
Mas, e as estrelas, quantas são?

A resposta foi acrescentada há alguns meses:

Muitas, demais...

Carlo lê e sorri. Depois de escarafunchar o quarto, ele senta no chão, e eu com ele.

Ele espera que eu lhe conte o que aconteceu, porque alguma coisa deve ter acontecido... Mas a minha história está atrasada, e ele se cansa de esperar.

– Pois bem, se você não tem nada para me dizer, eu vou embora.

– Fique.

Ficamos assim por uma hora, de mãos dadas, calados, eu a desafiar meu silêncio e ele tentando entendê-lo.

Entrelaça seus dedos nos meus.

Eu me esforço, conto dos elogios insistentes de Malari, da fuga. Carlo faz perguntas, e eu tento encerrar depressa o discurso, para evitar os detalhes, a perversão.

– Ele vai me massacrar nos exames...

– Não, ele não pode fazer nada contra você, você é boa, sabe muito. Vamos fazer um teste: você se lembra qual era a altura do Pascoli?

– 1 e 62! – disparo, porque acho que o Pascoli era um tanto baixo e complexado.

E não se entende mais quem de nós dois é o louco; se ele, que faz as perguntas, ou eu, que ainda as respondo.

– Vê? Você sabe tudo. Hoje à noite vamos dar uma volta, assim você se distrai. Vou passar às oito para te pegar.

Não houve nada entre nós, nem mesmo um beijo.

Mas existe afinidade, completude.

Como se fôssemos as duas pontas de um fio.

E bastasse puxar uma ponta para chamar a outra.

EU/VOCÊ.

Minha mãe volta depois de algumas horas, levou a Camilla ao pediatra. Vai para a cozinha preparar o jantar.

Abro o armário da cozinha e pego a minha barra de cereais.

Ela ajeita a Camilla no cadeirão e põe a sopa para esquentar.

Sim, vou perguntar a ela.

– Mãe, mas e o papai?

– Está em Toscana, Alice, eu te disse, não?

– Não, você não me disse.

– Pois então, agora você sabe – e continua a derreter o queijinho Mio na sopa.

– Como foi o último dia de escola?

– Bem.

Depois penso que, talvez, seja certo contar a ela sobre Malari, talvez se possa fazer alguma coisa, ir falar com ele, dizer para ficar longe de mim, colocar medo nele, não sei, alguma coisa deve ser possível fazer.

Preciso dela, preciso de um conselho adulto, ou apenas de um carinho. E então tomo impulso com a voz.

– Mãe, sabe que...

Mas ela é mais rápida e me ultrapassa.

– Imagino que você fez guerra de água este ano também. Quantas roupas molhadas você trouxe?

Eu desisto.

– Não, este ano eu não fiz guerra de água.

– Ah, menos mal.

Eu, como sempre, não estou pronta.

Depois de meia hora, desço e entro no carro.

Ele esconde apressadamente alguma coisa atrás do banco.

Como ele está bonito esta noite... Com uma camisa Lacoste, calça verde militar, daquelas largas, com bolsos. Tênis Merrel brancos nos pedais, prontos para me levar embora.

Ele me cumprimenta e liga o motor.

– Será possível que você nunca consegue se arrumar em tempo?

– Vamos, Carlo, só estou dez minutos atrasada. É você quem sempre chega antes.

Mas o relógio fala claro: são oito e meia.

Então, tento justificar a minha lentidão com uma teoria.

– Olha que eu faço de propósito, é um teste... Para ver se você iria me esperar.

Ele olha para mim e torce os lábios, esta história de teste não o convence.

– Ah, é? E o que o seu teste fala de mim?

Penso no assunto.

– Ele diz que você não me merece! Que é um chato e que reclama demais! Não percebe as minhas potencialidades.

– Ah, é assim?

– Sim! Exatamente assim!

– E o que mais diz o seu teste?

Engulo o nó que tenho na garganta.

– Que no fundo, no fundo, você gosta de mim...

– Então agora o seu teste errou feio!

Eu sou mesmo uma idiota, estou fantasiando demais.

Vamos jantar em uma pizzaria, mas a pizza lá é muito ruim e eu não como praticamente nada.

Então Carlo me leva para tomar raspadinha de frutas no Sora Mirella, no Lungotevere.

Ele estaciona bem na frente. Desce e abre a porta do carro.

– Deus do céu! Você abriu a porta do carro para mim! – e suspiro.

– Que mal há nisso?

– Quando um rapaz abre a porta do carro para você, vai se fazer de bom moço por uma noite e só...

É a regra número quatro, e Giorgio a confirmou.

– Quer me explicar quem é que te conta essas bobagens? – Carlo pergunta.

– Está vendo? Já está começando a bancar o grosso...

Nos aproximamos do quiosque e entramos na fila.

Fico pensando, emburrada.

– Podemos parar de pensar nessas regras? Juro que não vou mais abrir a porta do carro para você – e fico mais tranquila.

Chega a nossa vez. Carlo pede de laranja.

– Para mim, de cereja – digo à velhinha que está raspando o gelo –, muita cereja... e lascas de côco... e um canudo.

Dona Mirella explode.

– Mas quanta coisa você quer, minha filha! Você pode ser bonita e simpática, mas tenho pena do coitado que se casar com você!

– Então a senhora imagine o que eu aguento quase todos os dias... – Carlo responde e me dá uma piscadinha.

Ele paga as duas raspadinhas e vem se aproximando para abrir a porta do carro para mim. Depois diz:

– Não! – e volta atrás, pro lugar do motorista. Ele também está observando a regra número 4.

Ele termina logo a sua raspadinha, eu espero o gelo derreter para então beber a minha com o canudo.

Sou alguém que complica tudo, como se sabe.

Ele liga o carro e vamos nos dirigindo para casa.

Sinto calor, tiro a jaqueta jeans e a coloco no banco de trás.

Um ramalhete de rosas está sobre o tapete do carro.

Eu as apanho, porque é uma pena deixá-las assim, no chão.

Seriam umas dez... vinte... trinta... Estão unidas por um laço vermelho.

– Que lindas!

Continuo a olhar para elas, nunca tinha visto tantas rosas juntas. Giorgio também me deu rosas, mas sempre de pouquinho e na intenção de consertar as coisas.

– São lindíssimas! – repito.

Depois me parece excessivo, não devem ser para mim.

– Para quem são?

– São para você, sua boba!

– Obrigada – e as coloco sobre o painel.

Tenho uma ideia.

– Sabe de uma coisa? Vamos até o Jardim das Rosas, assim apanhamos mais.

– Mas a esta hora está fechado!

– Acho que deve ter alguém lá que possa abrir pra gente. Não seja sempre pessimista!

Carlo envereda pelo Lungotevere e chegamos lá, no Jardim das Rosas.

Não tem ninguém para abrir.

– O que foi que eu disse? – ele pergunta.

– Shh! Não vem dar uma de grilo falante. Vamos pular o portão!

Esta noite eu tenho desejo de outras flores, outros perfumes...

... e eu quero procurá-los junto com ele.

– Não! Você está doida! Eu não vou pular!

Sorrio, apoio o pé na grade e vou escalando.

Basta um salto e já estou do outro lado.

Fico olhando para ele por entre as barras da grade, e ele não consegue deixar de seguir meus olhos. É como um feitiço.

Ele também apoia o pé na grade e sacode a cabeça.

– Quem diria que eu teria que carregar essa cruz...

E eu, sua cruz, fico esperando por ele do outro lado do portão.

– Cada um tem a sua... Anda! – grito para ele.

Depois eu penso: "eu saltei!".

Gostaria de poder ligar pra Carolina e berrar para ela: eu saltei, Carol, eu saltei sem precisar de colchão embaixo!

Estamos os dois ali, protegidos por aquela escuridão, em um jardim que não nos pertence, mas é nosso.

Duas sombras tiram os sapatos e caminham de pés descalços, sentindo o roçar da grama fresca entre os dedos. Caminham sem luz, sem palavras, sem rumo certo.

Cada passo é um risco. Mas, às vezes, é tão bonito arriscar...

Duas sombras se procuram no escuro e se encontram, uma nos lábios da outra, com gosto de xarope de frutas.

Carlo me beija devagar, sem pressa, não tem ninguém correndo atrás dele.

E mil sabores se misturam: da minha boca de cereja, dos seus lábios de laranja, do perfume de rosa e de lavanda, da grama fresca, da terra aquecida pelo calor do verão, que começa a suar.

Uma gota cai sobre a minha testa.

Eu me separo da minha sombra.

– Uma gota.

Aquela sombra não acredita, e se entristece.

– Você podia achar uma desculpa melhor...

– Não, falo sério, Carlo, está chovendo!

Depois de alguns segundos ele não pode deixar de me dar razão...

É bonito sermos surpreendidos pela irrigação automática.

– Vamos embora – Carlo me pega pela mão.

Queria ficar mais um pouquinho ali, eu gosto dessa água, é nossa. Uma música vem de longe. Seal, *Love's divine*. Chega até nós como um presente, de um carro parado, de algum terraço do Aventino, ou talvez do meu coração em festa. Será que só eu estou ouvindo? Abro os braços, dou mil voltas e me sinto renovada.

Mas ele, desta vez, não me dá trela, me levanta e leva dali para fora.

Sua cruz passa os braços em torno do pescoço dele e se deixa levar. E é assim que Carlo sofre sua "paixão".

Outro salto, outra viagem de carro, dessa vez em velocidade lenta, esperando que os semáforos fiquem vermelhos e nos concedam mais um beijo.

Nos despedimos na frente do portão.

Vou indo para casa.

– As flores! – ele lembra.

Apanho novamente o ramalhete e o aperto forte contra o peito. Não importa que amanhã eu vá encontrar algum espinho nos meus dedos, alguma farpa no meu coração.

Quero viver.

Subo as escadas do prédio e abro a porta.

Encontro-a estendida sobre o sofá, não se mexeu nem um pouco dali: a TV ligada.

– Oi, mãe!

Não responde. Está dormindo.

Tento tirar o controle remoto da sua mão, cuidando para não acordá-la, como quando se joga Shangai.

Desligo a TV, vou ao até o quarto e pego um cobertor.

Você acorda, Milla, e começa a choramingar.

Eu tiro você do berço e seguro no colo.

– Shh! Quietinha, Milla! A mamãe está dormindo... Deixe-a dormir.

Seguro você apertado, com a mão cuidadosa atrás de suas costas.

Você logo se acalma e para de chorar.

Você é um filhote estranho, entende tudo, e não pode dizer nada.

Queria te contar o que está explodindo dentro de mim, o que aconteceu hoje à noite... Mas precisamos pensar em outras coisas.

Arrumo você no bercinho novamente, coloco um dedo na frente da boca e digo baixinho "por favor, hein...", você entende e volta a dormir.

Pego o cobertor, levo-o para a sala e o estendo sobre a mamãe.

Ela dorme com a expressão de quem não está sonhando.

Ela tem andado estranha, Milla.

E o papai? Onde está o papai?

Não sei, Milla, talvez na América, talvez em Toscana, talvez a poucos passos de nós... mas vai demorar para voltar, eu sinto.

E daqui a dez dias eu tenho provas finais, e preciso estudar.

Preciso ir para a cama e dormir.

Preciso ir devagar e crescer, Milla.

Porque a mamãe virou menina e é menor do que você agora.

Ela não sabe dar sinais como você, não chora para nos dizer que está com fome.

Não falei mais com Carlo.

– "Você não pode viver isso!" – a cabeça repete e espera que, de tanto repetir, consiga convencer o coração.

Mas ele finge que não entendeu.

– "Por que não posso?" – ele pergunta, o coração.

– "Porque você não tem tempo, tem mais no que pensar: Camilla, sua mãe, seu pai..."– agora está difícil usar a palavra "família" para reuni-los em um conceito.

– "E, depois, se o Malari descobre que vocês estão juntos, também vai arrasar com Carlo no exame. Já pensou nisso?"

Não, o coração não pensa, mas escuta. Parecem ser bons motivos, e se curva às ordens da cabeça.

Desligo o celular. Depois de amanhã é a primeira prova. Abro o *Segre*, continuo a revisão. E certamente Carlo também está aqui, debruçado sobre estes mesmos livros, talvez na mesma página que eu. Deve estar revendo os detalhes, as datas, os nomes, porque ele tem memória curta.

E eu? E os meus livros?

Nada. Não há nada a fazer, abro o livro e o vejo. Então leio em voz alta, para me convencer de que estou estudando Quasimodo,[5] e não Carlo.

Faz uma hora que estou lendo as mesmas duas páginas do livro de italiano. Me dou conta de que sei tudo sobre Carlo Quasimodo, mas nada sobre Salvatore.

[5] Salvatore Quasimodo (1901-1968), poeta italiano que recebeu o Prêmio Nobel de Literatura em 1959. (N. T.)

Aqui estamos nós!

É o dia da primeira prova.

Enquanto as mães dos outros se despedem dos filhos com beijos e recomendações, a minha ainda está na cama. Ela apanhou uma doença estranha desde que o papai foi embora, e não faz nada além de dormir o dia inteiro.

Preparo a minha mochila, tomo um iogurte, dou um beijinho na testa da Milla e vou ao quarto da minha mãe.

– Mãe, vou fazer as provas finais. Estou indo para a escola.

– Feche bem a porta – e vira para o outro lado.

Nem um "faça com atenção", nem um "boa sorte".

Dentro de mim, respondo assim mesmo um "obrigada", e saio.

Carlo já está lá, na frente da escola, deixando-se inquietar pelas bobagens que Paolo e André estão contando.

Um cumprimento distante. Há dias que não respondo às suas mensagens.

Todos já sabem o que vai cair, alguém soprou, dizem. Eu me afasto e sento sobre a minha mureta, não me deixo contaminar pela inquietação dos outros; a minha já dá, e sobra.

André chega e me oferece um cigarro.

– Vai te fazer bem, acalma.

– Não, obrigada, você sabe que eu não fumo!

Penso que esta geração usa muitos artifícios para se acalmar, não tem coragem de viver.

Felizmente, Carlo parou com as "mágicas".

As portas do ginásio se abrem e todos correm para pegar os lugares mais distantes da mesa dos professores.

André senta-se ao meu lado.

– Você já sabe como funciona – vou logo avisando.

– Claro. Primeiro você acaba o seu e depois faz o meu.

Silvia Di Giosio também diz "primeiro eu acabo o meu e depois faço o seu", mas, não se sabe por que, nunca dá tempo fazer o do outro.

André confia, já sabe que o tempo vai ser suficiente para mim e para ele. Isso já foi testado e aprovado.

Malari distribui as folhas com as questões.

Entrega as minhas e diz:

– Cuidado com a ortografia, Alice!

– Claro, professor! – e ressalto aquele "professor", para avisá-lo para ficar longe de mim, a pelo menos dez quilômetros de distância, para lembrá-lo de que é um professor, porque outro dia ele tinha se esquecido disso. Dou uma rápida olhada nas perguntas:

Ainda existe poesia na sociedade dos meios de comunicação de massa?

Esta é pra mim!

A poesia desapareceu na sociedade atual?

Não, não desapareceu, apenas mudou o modo de vestir, pode ser encontrada nos versos de alguma música, nos 160 caracteres de uma mensagem SMS, na velocidade dos e-mails...

... nos olhos com que Carlo me olha.

Não, talvez seja melhor manter para mim esta última frase.

Porém, aqueles olhos também são poesia.

Tudo aquilo que lhe dá coragem é poesia, tudo aquilo que segura sua mão e lhe explica o mundo, que faz você se sentir menos só, que ajuda você a entender e a se perceber.

Então, aqueles olhos também são poesia, poesia pura! Poesia em pílulas! Mais concentrada do que a que morre nos livros. Não, a poesia não desaparece, porque o homem não deve ficar sozinho, não pode bastar a si próprio, tem necessidade de sentir a vida bem perto.

Passaram-se duas horas, coloco minha assinatura na prova.

Silvia Di Giosio se levanta: fez a análise do texto, esperava que caísse Pirandello, vai até a mesa dos professores, entrega a prova e vai embora.

Eu também acabei, mas ainda não posso ir, tenho que fazer a prova do André e, depois, não estou com muita vontade de voltar para casa.

André me passa a folha dele e eu lhe dou a minha, para fazer de conta que ele também tem alguma coisa nas mãos.

Respondo à questão sobre os regimes políticos, com muita história, datas, anedotas e interpretações, mas pouca marca pessoal. Uma redação para um temário qualquer.

André quer assim... Para não se desequilibrar, ficar no cinza.

Depois de seis horas, entregamos. Uma prova já foi.

Vamos para o pátio, alunos e professores.

Alguém comenta sobre a Itália na Copa e se irrita pensando num pênalti que não foi dado; outro fuma tranquilo um cigarro vermelho; outro liga para casa para acalmar os pais apreensivos; mas, sobretudo, muitos falam da prova.

Carlo se aproxima. Não me pergunta por que desliguei o celular, por que estou fria e distante. Para ele, nada mudou.

– Que questão você desenvolveu?

– Aquela sobre poesia – e dou uma cortada.

– Você está de poucas palavras hoje... – sorri e pega minha mão.

Uma mão que eu não sinto há dez dias, mas basta um pequeno toque para eu reconhecer. A pele tem uma memória férrea.

Entrego-me àquele contato, aperto forte a mão de Carlo, sinto-a minha.

Então vejo aqueles outros olhos de sangue apontados para mim.

Pânico!

Malari condena imediatamente nossos dedos entrelaçados.

Se ele desconfiar que estamos juntos, também vai arrasar Carlo nos exames.

Você não quer que isso aconteça, não é, Alice?

– Deixe-me em paz!

Me solto, afasto sua mão com cuidado e saio correndo para casa.

Carlo apanha a mochila e vai atrás de mim.

Ele me para, toma fôlego e olha fixamente para mim sem entender nada.

Faço um sinal, para avisar que o inimigo está atrás dele, Malari nos espia do pátio da escola.

Carlo fica me olhando e continua sem entender.

Está com a respiração apressada pela corrida.

Aproxima-se e tenta me beijar.

Talvez aqueles lábios ainda estejam com gosto de rosa e lavanda...

Dou-lhe um tapa e fujo.

Malari entra na escola, satisfeito.

Carlo fica imóvel, segurando o rosto.

Ele ainda não sabe, talvez nunca venha a saber, mas aquele tapa irá salvá-lo.

Vê, Carlo? Eu não sou como o Giorgio, eu sei sentir uma emoção. E também quero vivê-la, porque sei que você também a sente e que é idêntica à minha.

Apenas precisamos atrasá-la.

Na entrada, há uma bolsa que conheço bem.

Papai voltou para casa! Voltou antes do previsto.

Vou ao encontro dele, radiante.

– Só dei um pulinho até aqui para ver como vocês estão, preciso voltar logo – e o meu entusiasmo acaba na mesma hora.

Minha mãe se levantou da cama, tomou banho e se maquiou. Agora está preparando o almoço, ali na frente do fogão, em silêncio, com o olhar fixo nas fatias de carne dentro da frigideira.

Vou para o quarto deixar a mochila e o dicionário.

Papai se aproxima do berço da Camilla e a pega no colo.

– Ei, Cami, você está ficando pesada, hein?

Mamãe desliga o fogo e se junta a ele no quarto.

– Está pronto!

Mas ele não escuta, todo ocupado com a filha.

Camilla ri, desdentada, não para de fazer caretas engraçadas.

Minha mãe então se irrita:

– Deixe-a em paz. Não vê que assim você vai agitá-la? – tira a menina do colo dele e a coloca de volta no berço.

– Eu não estou deixando ela agitada coisa nenhuma! – e apanha Camilla novamente do berço.

Minha mãe não quer que ele toque na Camilla, não quer que ele toque em nada, como se esta casa não fosse mais dele, e como se nem nós, as filhas, fôssemos mais dele.

Tira Camilla dele de novo e a coloca novamente no berço.

Camilla desata a chorar, naquele sobe e desce, naquele vai e vem de braços. Ela percebe que aquilo não é uma brincadeira.

Meu pai desiste, pega sua bolsa, nos dá um beijo e abre a porta de casa.

– Já vai embora? – pergunto a ele.

– Sim, Alice, vou. Sua mãe não quer que eu fique.

Minha mãe vai até a entrada e lhe explica as condições:

– Se você voltar, tem que fechar a porta atrás de si e pronto! Não pode ir e vir. Não pode ser pai eventualmente!

Ela berra e usa muitas palavras porque não consegue dizer: "Não, você está errado, eu quero que fique...".

Papai fecha a porta atrás de si e volta para a "Toscana". E minha mãe, bem, minha mãe volta para a cama.

No dia seguinte foi a prova de tradução, e no outro, a terceira prova, mas o medo dos exames escritos já passou.

Como se sabe, na prova de tradução é fácil colar. Carlo e eu nos sentamos nos últimos lugares, um ao lado do outro. Colaboramos até não poder mais e, em meia hora, a tradução estava pronta. Em uma hora e meia já havia chegado a todos, até aos da primeira fila.

– Fazemos um bom time, eu e você – diz Carlo. Ele tem mesmo razão.

Depois é feito o sorteio da letra fatídica.

– R!

Carlo exulta, quer acabar logo com aquela prova oral.

– Você é a primeira do segundo dia – me avisa Malari. E parece que ele está me desafiando.

O resultado dos exames escritos vai sair ao meio-dia, dizem na secretaria. Não quero me acotovelar com ninguém para ver uma nota e, sobretudo, para me poupar dos comentários de Silvia Di Giosio: "Parabéns, Alice" ou "Sinto muito, Alice".

Não tem mais ninguém ali, os outros já estiveram lá e já sabem como eu me saí. E acho que, se Carlo não me enviou uma mensagem dizendo que posso ficar tranquila, então é porque não devo ficar tranquila.

Reviso com calma a lista de nomes, de A a Z.

Silvia di Giosio fez 45 dos 45 pontos.

Carlo Rossi, 45 de 45.

Alice Saricca, 42 de 45.

Merda!

Mas eu ainda posso conseguir o meu 100, tem cinco pontos de bônus que os professores dão a quem teve um currículo escolar brilhante. E eu tive.

Não sei, esse diploma é entregue com pontos, como no supermercado ou no posto de gasolina.

Depois, faço as contas, devo ter perdido três pontos na redação, corrigida pelo Malari.

E não é difícil entender por quê.

Carlo já passou pelo teste.

Foi bem, superbem, recebeu elogios e apertos de mão, e até "beijo acadêmico". Vai me contar os detalhes por telefone.

– Malari fez uma pergunta muito idiota. Veja só, me perguntou que fim teve Jacopo Ortis![6]

– Que idiotice!

Sorrio nervosa, porque as perguntas dos outros são sempre fáceis, e eu não sei o que me espera amanhã.

Depois Carlo diz:

– Ei, fique calma, amanhã você vai arrasar... Você ainda se lembra do seu apelido?

Claro, foi o Paolo quem me deu este apelido na oitava série, e penei muito para que o esquecessem. Odiava aquele apelido porque fazia eu me sentir diferente, distante.

– Não, Carlo, não diga! Detesto esse apelido!

– A "fora de série". Você nunca se perguntou a razão disso?

– Claro que sim! Porque eu sou uma estranha...

– Alice, acredite em mim, você não entendeu nada.

– Você sabe que eu sou devagar, tenho o motor lento.

– Sim, um a diesel... Fora de série porque você está fora do nosso alcance, porque não consegue ficar presa aos esquemas.

Então, agora eu passei a gostar daquele apelido.

---

[6] Personagem do livro *Ultime lettere di Jacopo Ortis* [As últimas cartas de Jacopo Ortis], de Ugo Foscolo (1778-1827). (N. T.)

– Agora preciso ir... Carolina vem aqui. Sim, amanhã ela vai pegar o avião para Barcelona. Hoje à noite vem se despedir. Ela me disse que eu preciso muito escutar uma música.

– Imagino qual... Todo mundo anda escutando essa música. Dizem que dá azar.

– Você sabe que eu não acredito nessas coisas.

– Até amanhã.

Desligo o telefone.

Carolina entra no quarto.

– Nossa, o que aconteceu com a sua mãe? Ela está com uma cara!

– Nada... Está cansada.

– Quer que eu faça uma mágica para você? Quer que te diga com quem você estava falando ao telefone? – e começa a sacudir as mãos no ar como uma grande adivinha.

– E olha que nem preciso de bola de cristal... Era com o Carlo!

Carolina conheceu Carlo sábado passado, no Al 19.

Ela tira da bolsa dois *cornettos*, liga o som e coloca o DVD que trouxe de casa:

– Esta música é um clássico, faz parte de um ritual, você tem que ouvir!

Notte prima degli esami.[7]

Porque na vida existem etapas obrigatórias, que você não pode saltar.

Abro o meu *cornetto*, dou uma mordida na ponta e começo a chupar o creme.

– Será que você não consegue tomar seu sorvete como um ser humano? – Carolina grita para mim. – Você tem dezoito anos, Alice! Tem que parar de fazer de conta que está fumando o sorvete! Só crianças fazem assim!

Eu sorrio e continuo a chupar o creme. É assim que gosto de tomar *cornetto*...

Meu celular vibra. Uma mensagem.

CARLO

Boa noite. A minha será ótima: vou dormir no mundo mágico de Alice.

Sorrio enquanto Venditti canta uma *Noite* muito diferente da minha: nada de mamãe e papai com a mamadeira na mão, nada de polícia, nada de lágrimas

[7] A noite antes dos exames. (N. T.)

e orações, nada de pecado original... Mas uma coisa é certa: *Alice, não tema, você não vai se machucar se o amor for mesmo amor.*

São seis horas da manhã. Já me vesti e estou pronta. Faltam os sapatos. Pego-os no armário e fecho novamente a porta.

– Alice, não faça barulho! – grita minha mãe lá do seu quarto.

– Desculpe – vou até a cozinha e tomo um café.

Estou com fome, uma fome de nervoso. Abro o pacote de biscoitos e começo: um, dois, três... No final, perdi a conta.

Depois, as dúvidas começam a aparecer: que fim teve o Jacopo Ortis? E se ele me perguntar sobre Dante?[8] Quem é que se lembra disso?

Tiro o livro do Bignami da mochila e começo a revisar. Quanto mais eu reviso, mais dúvidas aparecem... Ainda tenho duas horas para estudar tudo! E folheio, folheio o mais rapidamente possível.

– Alice, não faça barulho!

Coloco o livro na mochila e saio para pegar o ônibus.

– Mãe, estou indo!

– A esta hora?! Vai sair com a Carolina?

Eu me canso de repetir sempre as mesmas coisas!

Vou fazer minhas provas do fim do ensino médio, mãe!

Tire esse pijama, vista-se e venha comigo!

Venha ver Malari arrasar sua filha!

– Isso mesmo, mãe, vou dar uma volta com a Carolina!

– Assim tão cedo? Quer que eu prepare o seu café da manhã?

Eu estou realmente cansada de ficar repetindo as mesmas coisas.

– Não, não se preocupe... já tomei café.

Então ela se tranquiliza e vira para o outro lado.

No entanto, não me sinto bem de ir saindo assim, com uma despedida tão fria.

– Não me dá um beijo?

Ela se levanta da cama e me olha de um jeito estranho, encosta seus lábios no meu rosto e se afasta de repente.

---

[8] Dante Alighieri (1265-1321), escritor, poeta e político italiano, autor do poema épico A Divina Comédia. (N. T.)

Depois sorri sem entender:

– O que está acontecendo?

Eu também fico com vontade de rir. É estranho voltar a ser criança no dia das provas finais:

– Não vou sair com a Carolina... Vou fazer a prova oral hoje!

Então ela acorda de uma vez. Merda! Os exames da filha!

Quantas vezes sua filha lhe falou sobre as provas finais...

Quantas vezes ela não escutou...

Porém, ela continua a estar distante, fria.

– E a prova escrita? Tudo bem, né?

– Sim.

– Enfim, com certeza você vai tirar 100. Como já é de se esperar...

Sorrio meio desconcertada, nunca se sabe...

– Claro!

– Boa sorte!

Minha sorte depende do Malari.

– Obrigada!

Dou um beijo na Camilla e saio para pegar o ônibus.

São sete horas. Apenas Carlo está na frente da escola. Ele também não conseguiu dormir direito.

Nos sentamos nos degraus.

– Será possível que eu tenho de me preocupar sempre com tudo o que acontece com você? Você virou minha vida de cabeça para baixo – diz isso e sorri.

– Pense só como seria monótono sem mim...

Ele sabe que, mesmo que eu esteja brincando, estou fazendo mil perguntas a mim mesma.

– Preocupada?

– Um pouco.

– Um pouco muito?

– Um pouco muito.

Depois de meia hora chega também Silvia Di Giosio e junta-se a nós. Ela tinha que vir justamente ver a minha prova?

– Ela veio espiar! – digo ao Carlo.

– Não pense nisso... De toda forma, a Silvia continua uma merda, seja tirando 100... 200... 300.

Os professores também chegam.

– Alice, venha comigo, vamos começar – diz Ricci. Eu o sigo e me deixo engolir pelos corredores da escola. Uma cadeira perdida na sala se encontra na frente da mesa dos professores. – Sente-se.

Minhas pernas estão tremendo, têm vontade de levantar e sair correndo.

Malari está vestindo uma camisa amarelo-limão de manga curta. Duas canetas no estojo. Ele tira uma e começa a girá-la e girá-la entre os dedos.

– Então, Alice, vamos começar? – pergunta.

Faço sinal que sim com a cabeça.

– Relaxe, e você vai ver que não é assim tão traumatizante. Pelo contrário, vai até achar divertido.

– Espero que sim – respondo, e tiro minha monografia da mochila.

Entrego uma cópia à comissão.

Minhas mãos estão inseguras, então encaixo uma na outra para ver se assim se acalmam.

Começamos.

– Que tema você trouxe para apresentar?

– A alienação e a importância de escutar a si mesmo.

– Interessante! – comentam os outros professores.

Malari refreia imediatamente aquele entusiasmo:

– É preciso muita presunção para enfrentar um tema tão difícil...

Os outros professores fazem que sim com a cabeça. De fato, o argumento é difícil, é preciso presunção.

Malari não para de me interromper um instante:

– Interpretações, interpretações... – ele repete.

– Faltam fatos! – sentencia.

– É preciso objetividade...

Gostaria de poder lhe responder que na filosofia há bem pouca objetividade. Como então é possível sermos objetivos? Meus olhos não veem como os dos outros, minha pele sente de modo diverso.

Não respondo. Engulo suas críticas e tento me defender como posso, tento não ir para o chão.

Depois começam as perguntas: os anos de chumbo, as leis de Maxwell, o teorema de Carnot, Shakespeare, um trecho dos *Annales* de Tácito.

O tempo está pregando uma bela peça em mim, corre rápido quando as perguntas são dos outros professores e desacelera quando são de Malari.

Malari pega as provas escritas e comenta.

O tempo vai ainda mais devagar.

– A tradução de latim estava perfeita, e também a terceira prova. Mas a redação você destruiu.

Mas que surpresa!

– Uma redação meio insípida...

– Em que sentido? – eu pergunto.

– Interpretações excessivas e poucos fatos... Enfim, para você tudo é cinza. E em uma redação é preciso certeza: branco ou preto. Pelo menos este é o nosso modo de julgar. Concorda comigo, Ricci?

Ricci está sempre de acordo com quem é mais forte ou mais esperto do que ele.

– O que é uma pena, Alice, porque, nos últimos cinco anos, você sempre fez as melhores redações da sala. Desta vez você não deve ter tido muita empatia com o tema, não é?

Chega, desisto! Porque depois de um tempo resistindo e quando você vê que a corrente vai em uma direção oposta à sua, os músculos se rendem e você se deixa levar pelas ondas.

Eu também faço que sim com a cabeça, já aprendi o cacoete.

No entanto, o tempo passa cada vez mais devagar.

E, de repente, para.

– Leia a primeira estrofe de *Amai*, de Saba,[9] e a comente.

Eu sorrio. Tenho essa poesia escrita na parede do meu quarto. Conheço-a.

Abro o livro. Página 649. Leio a estrofe em voz alta.

---

[9] Umberto Saba, pseudônimo de Umberto Poli (1883-1957), poeta e romancista italiano. (N. T.)

Amai trite parole che non uno
osava. M'incantò la rima fiore
amore,
la più antica difficile del mondo.[10]

– Desde a primeira palavra, Saba se coloca em contraposição ao futurismo, que, naquela época, estava na moda. *Amei*, diz Saba, quando uma das regras da literatura era então a de "destruir o eu". *Amei*, ele diz, e já se entende que ele não está falando de motores ou de cafeteiras, que ele terá a presunção de falar de amor. Não de um amor fingido. A poesia de Saba é poesia honesta, afasta a ambiguidade da aparência e chega à essência dos sentimentos. É inútil correr sem ter uma direção, em busca de palavras e rimas novas... Saba retoma uma rima antiga: flor-amor. Nessa rima, tão gasta, se esconde um significado plausível que poucos conseguem oferecer. E talvez o homem devesse se empenhar nisso, na busca de significados, não de palavras.

Malari olha para mim com ar sonhador, depois volta a si e parte para o ataque.

– Você se lembra da vida de Saba?

É tão idiota ter que se lembrar da vida dos escritores... Talvez eles próprios, os escritores, não estivessem contentes com suas vidas. Porque prefeririam ver seus nomes ligados à obra, não à vida, porque prefeririam que suas palavras fossem de todos, de quem as captura quando lê.

– Sim, me lembro um pouco... Saba nasceu em Trieste, em 1883. Sua mãe é judia, e seu pai, católico. Essa união termina antes do nascimento do poeta. Assim, Saba, que na realidade se chama Umberto Poli, foi criado por uma ama...

– Você se lembra do nome da ama?

Tento me concentrar, respondo hesitante, porque o nome é meio engraçado. Espero que esteja certo...

– Peppa, eu acho.

Malari se irrita:

[10] Amei palavras batidas que ninguém/ousava. Encantou-me a rima flor/amor,/a mais antiga e difícil do mundo. (N. T.)

– Peppa?!? Alice, sem brincadeiras... Você se lembra qual era a nacionalidade dela?

– Eslovena, eu acho.

Ele se irrita ainda mais.

– Você acha que uma eslovena poderia se chamar Peppa?

Os professores riem e se olham entre si.

Então começo a folhear o livro...

– Aqui está! Página 629.

Coloco o livro bem debaixo do nariz de Malari e aponto para ele a passagem:

– *L'amatissima Peppa.*

Malari se irrita tanto, que explode:

– Chega, Alice, você me faz perder a paciência. Peppa é um apelido, o verdadeiro nome é Gioseffa Schebar.

Eu já sei que aquele nome ficará gravado em mim por toda a vida, que o reencontrarei em algum pesadelo.

A prova oral acabou, posso ir embora.

Estou moída. Depois, vem o golpe de misericórdia:

– Você deveria tomar mais cuidado ao estudar, Alice. A literatura não se sustenta com apelidos...

– Nem com amas... – eu respondo baixinho.

Recolho os meus livros idiotas daquela mesa idiota e os recoloco na minha mochila idiota.

Quantas vezes imaginei aquela cena, com o "beijo acadêmico", com os melhores votos para o futuro... Agora, ninguém aperta a minha mão. Sou sempre eu: Alice Saricca! A excelente aluna, a que está sempre acima da média... Não, agora eu não estou me reconhecendo.

Saio correndo da sala para não dar a Malari a verdadeira e última satisfação: ver meus olhos molhados.

Vou para o pátio e me sento nos degraus. Carlo me segue e se senta ali comigo. Não tem ninguém ali, só nós dois. Não consigo mais me segurar. Jogo a mochila longe, coloco o rosto entre os joelhos e choro, choro sem fazer barulho.

– Você foi extraordinária! Eu teria caído no primeiro golpe! – e levanta meu rosto. – É tão bonito que é um pecado escondê-lo! Vamos, cabeça erguida... – e me abraça forte.

– Quero ir embora deste lugar – digo.

Carlo me acompanha até em casa.

– Quero ficar sozinha...

Ele me dá um sorriso triste e vai embora.

Toco a campainha.

– Alice, como foi?

– Tudo certo, mãe. Você ligou para o papai?

– Sim. Ele disse que as obras estão quase acabando, que logo o canteiro será fechado e ele poderá voltar...

Vou rapidamente para o quarto e ela se refugia no dela. Fechamos a boca e a porta, de outro modo os segredos escapariam.

Sento-me diante da comissão.

Daqui a pouco vai começar.

Estão todos ali: os professores, Ludovica, Carlo, Carolina... O papai voltou de "Toscana" e a mamãe se levantou da cama, não podiam perder minha prova final.

Malari se levanta, contorna sua mesa e se coloca atrás de mim. Cola seu ventre às minhas costas.

Percebo o volume da sua excitação.

Ali, na frente de todo mundo.

Leva ao nariz as pontas do meu cabelo e as cheira.

– Cheiro de inocente.

Fico esperando o movimento dele; o cordeiro que espera a mordida do lobo. Fixo o olhar no piso; os olhos do chão são os únicos neste momento que não me metem medo.

– Vire-se! Olhe para mim!

Eu me viro, olho para ele.

Os meus olhos são de mármore, os dele, de sangue.

Ele me joga sobre a mesa e imobiliza os meus pulsos.

– Agora eu vou te fazer adulta... – fala baixinho no meu ouvido, com o riso de escárnio da aranha que acabou de tecer a teia. E são tantas as mãos da aranha, que não consigo afastá-las todas.

Desabotoa minha camisa branca, toca os meus seios com uma leve pressão. Impeço como posso os seus ataques.

Abre o zíper da minha calça.

– Boa menina, assim, quietinha... – e começa a afrouxar o cinto.

Peço ajuda, mas os professores continuam a falar entre si.

– Carlo! – mas Carlo está falando com Ludovica e, sorrindo, ajeita os cabelos dela atrás da orelha.

– Carolina! – mas Carolina está no fundo do ginásio dobrando camisetas e colocando na mala.

– Mamãe! Papai! – mas eles estão ali, emburrados um com o outro.

Nada.

Ninguém me escuta.

Ninguém quer me salvar.

Sufoco um grito no travesseiro.

Músculos contraídos. Pele arrepiada.

Acendo a luz sobre o criado mudo... O armário, a escrivaninha, as roupas sobre a cadeira... E em um instante eu percebo: era um pesadelo, sobrevivi.

Os resultados finais saem hoje à noite.

– Você tem vontade de ir lá ver? – Carlo me pergunta ao telefone.

– Outra vez? Já te disse que não ponho mais meus pés naquela escola. Me mande uma mensagem de lá.

– Não, Alice, eu não me sinto bem em fazer isso.

– Olha, eu já sei que fui mal.

– Não, Alice, não quero ser eu quem vai te dar essa notícia; eu nunca vou te dar más notícias.

Sorrio, porque Carlo é como um menino que desenha o mundo e quer apagar com a borracha tudo o que me faz sofrer, mas não existem borrachas tão grandes assim.

– Você vai lá e vai me enviar uma mensagem dizendo qual foi a minha nota estúpida... Se eu não tenho força, você tem de ter por mim.

– Se é assim... – ele suspira.

A mensagem chega pontualmente, sem comentário: 99 de 100.

Mas que brincadeira!

E os outros, como se saíram?

Ele e Silvia Di Giosio tiraram 100, André conseguiu 60, e Ludovica 80, não se sabe como.

Tento falar de Silvia e mostrar que, no fundo, o meu 99 não importa.

Muito bem, Silvia... De tanto puxar o saco dos outros, conseguiu. Da próxima vez que a encontrar no cinema, em vez de pipocas, vou atirar pedras!

Carlo percebe que eu estou blefando. Quer falar de mim e, mais cedo ou mais tarde, chega o ponto em que alguém tem que tocar no assunto, sem fugir.

Você tinha razão. O mundo dos adultos é um mundo de compromissos, e basta um pouquinho só de poder para anular qualquer mérito.

Tento cortar a conversa, fazê-la morrer ali.

Não, Carlo, era para ser assim, e só.

Nunca acreditei em destino. Cada um faz o seu.

Desta vez, contudo, gosto de pensar assim, que foi o destino, que não me tiraram nada. Isso tira um pouco da raiva do meu corpo, me acalma.

Não é verdade, e você sabe disso. Me desculpe se fiquei sentado aquele dia, se não desconfiei e não subi, se não entendi depois que você quis me proteger, se fiquei calado e você lutou.

Chega, estou cansada. Me sinto como alguém que procurou manter em equilíbrio muitas coisas que depois acabaram caindo: o amor, a família, a amizade, os exames...

Outra mensagem chega com leve atraso.

Estou te dando o meu coração.

Cuide bem dele, que é seu!

É ele, Milla!

Tenho certeza!

Um telefonema inesperado.

– Alice, atende para mim! – grita minha mãe da sala.

Corro na direção do aparelho:

– Alô?

– Boa noite, eu poderia falar com Alice Saricca?

– Sou eu.

– Oi, Alice, sou a professora de Física.

Eu endireito as costas:

– Ah, boa noite.

– Escuta, eu imagino que você já tenha ido ver o quadro de notas.

– Não, mas eu já sei a minha nota, Carlo me contou.

– Alice, eu precisava explicar que não dependeu de nós. Malari se opôs com tanta força, que fomos todos arrastados. Aquele 99 era uma questão de vida ou morte para ele.

– Professora, me explique uma coisa... Por que você não me defendeu enquanto o Malari estava me massacrando na prova oral?

– Alice, depois de cinco anos você sabe como ele é, não? O que é que eu poderia fazer?

Estou cansada dessas pessoas que não acreditam em nada, que não têm coragem nem para respirar.

– Sabe qual é a verdade? A verdade é que as pessoas só lutam por si mesmas... No entanto, as melhores guerras são aquelas que se lutam pelos outros, porque essas têm a força de um ideal puro, não de um interesse. Ninguém lutou por mim.

– Desculpe, Alice – ela diz.

– Até mais.

Ponho o fone no gancho, sei que nunca mais voltarei a vê-la.

Vinte e oito de junho, o dia da entrega dos diplomas.

Ponho na mochila os óculos de sol, toalha, biquíni, protetor solar e hidratante.

Olho em volta e tiro uma chave do molho.

Espero que ninguém se dê conta!

– Vou sair com a Carolina, só volto à noite, depois do jantar, bem tarde.

Desta vez não me arrependo dessa mentira.

Minha mãe não sabe de nada, de Malari, do 99, de Carlo...

Sim, porque Carlo está me esperando na esquina, pegou o Golf da mãe dele.

Depois de alguns minutos, estacionamos na frente da escola.

– Coragem, desça!

Não me mexo, permaneço grudada no banco.

– Eu jurei! Nunca mais vou pôr os pés nesta escola.

Carlo desiste.

– Ok. Então, vamos fazer o seguinte: eu saio, pego o meu diploma e o seu também. Você pegou a chave?

Tiro a chave do bolso e coloco diante dos olhos dele. Carlo desce do carro e entra na escola.

Passam-se dez minutos e nada de ele voltar. Esta escola deve tê-lo engolido também.

Ligo o rádio do carro e fico mudando de estação, não consigo encontrar uma música que me agrade, mesmo que, na verdade, nem saiba o que estou procurando.

Estou nervosa, e só.

Carlo está demorando.

Abro a mochila e verifico se peguei tudo. Falta uma garrafinha de água. Eu sei que durante a viagem vou sentir sede. Desço, compro uma garrafinha no bar e volto para o carro.

Carlo aparece lá longe abanando os dois diplomas.

Ele conseguiu. Também pegou o meu.

Estamos livres agora, podemos dizer o que quiser, insultar esta escola e quem estiver dentro dela, mandar todos à merda... A começar pelo Malari.

Em uma hora e quarenta e cinco minutos chegamos ao nosso destino.

Uso a chave mágica para abrir a porta da casa.

Deixamos as mochilas na entrada, vestimos as roupas de banho e vamos correndo para a praia.

Aí está! O MEU mar.

É bonita essa água que dança diante de nós, que bate a cabeça mas sempre encontra força para se levantar e se colocar outra vez em marcha, à procura, à procura, à procura.

Mas por que ela não para de procurar?

O que será que ela está procurando e que é tão importante?

A praia está quase deserta, só algumas crianças acompanhadas por uma babá de sotaque estrangeiro.

Carlo esqueceu sua toalha, preciso dividir a minha com ele.

Nos deitamos sobre aquele lenço atoalhado e me dou conta de que até a matemática é uma questão de ponto de vista, porque estou com ele na minha metade da toalha e parece que tenho o dobro de espaço. Equação estranha essa: metade = dobro.

Passo o protetor solar nos ombros, mas não consigo fazê-lo bem.

– Posso te ajudar? – Carlo pergunta, e vai logo virando um pouco do protetor na mão.

– Não! – respondo decidida. Nervosa. Limito os contatos.

Damos um mergulho e voltamos para casa.

Vou tomar banho, e Carlo anda inquieto pela sala com os pés e cabelos sujos de areia, a pele ligeiramente dourada.

Sobe as escadas, entra no quarto.

Eu também entro.

De longe, ainda ficamos nos estudando. O contato começa com os olhos.

Depois ele fecha a persiana e se aproxima.

Sua mão passeia pelas minhas costas e ao longo dos meus flancos, desfaz os laços do biquíni, desce até os meus abismos e tropeça; ele também está com medo.

Aperto meu corpo contra o dele, refugio-me na sua carne. E não há nenhuma parte de mim, nenhuma célula dizendo "fuja!".

Eu fico.

Vamos para a minha cama, talvez meio empoeirada, mas, o que importa? Eu me deito sobre ele, nua, e sinto seu corpo se inflamar, provocado por uma ideia, que é igual à minha.

Paro. Ainda tenho os seus olhos atentos sobre mim. Ele me beija e acaricia os meus cabelos, não me apressa.

– Se doer, me diga, e paramos imediatamente... – ele repete.

Faço sinal que sim com a cabeça. Economizo palavras, quero dar a ele cada um dos meus suspiros.

Então, meio desajeitada, tiro sua sunga e sinto vergonha daquele gesto atrapalhado. Não sei o que fazer com aquele corpo tão diferente do meu.

Carlo abre espaço entre as minhas pernas e, devagar, desliza para dentro de mim. Fecho os olhos, cerro os dentes, para controlar a dor.

Os músculos do meu pescoço se contraem, tenho as costas tensas como as cordas de um violino, o punho fechado em torno de um pedaço de lençol.

Minha respiração se torna a dele, nossa carne é um bem comum. Não distingo mais se aquela perna é a minha ou a dele, nos tornamos um corpo só.

Nosso gozo irrompe ao mesmo tempo.

E ficamos assim, abandonados, naqueles lençóis sujos de amor, que não conseguem guardar um segredo.

Agarro-me aos seus ombros, ele recosta sua orelha cansada nos meus seios.

Não há músicas de fundo, apenas o mar que tropeça e continua a procurar.

Talvez, aquilo que ele procura eu já tenha encontrado.

– Estou aqui – diz Carlo, e olha para mim como se não pudesse acreditar.

Carlo se veste, desce as escadas e vai até a cozinha colocar água para cozinhar uma massa.

Eu ainda fico um pouco no meu quarto.

No lençol tem uma marca de sangue.

Onde eu poderia escondê-lo? Como vou fazer para lavá-lo?

Mas que importância isso tem...

Enfio o lençol em um saco plástico, dou um nó bem apertado e coloco na mochila. Depois, arrumo meus cabelos e me olho no espelho. Alguma coisa mudou? Não, nada mudou.

Ainda sou a mesma, com o meu sorriso de porcelana e minha pele transparente, minha constelação de pintinhas nas costas e minhas ancas macias. Mas me sinto bem mais minha, o que é estranho, porque agora eu também sou dele, de Carlo. E quanto mais sou dele, mais me sinto minha.

Bem, o pertencer é complicado.

Desço as escadas correndo, dou-lhe um beijo sonoro na face.

– Está pronto? – pergunto.

– Não sei.

Puxo um fio de espaguete, sopro forte e provo.

– Mas, Carlo, esta massa não está cozida, tá uma papa!

Ele vai até a pizzaria mais perto, Il Merendero, e traz margheritas para casa.

Comemos as pizzas na praia, com a areia escalando a mussarela e estalando entre os dentes.

São nove horas da noite.

– Você está bem?

– Sim!

Minha cabeça se encaixa perfeitamente nos ombros dele, é o seu lugar. Os corpos não são feitos para estar sós, o amor é um jogo de encaixe. É preciso encontrar a peça certa, é preciso tropeçar e continuar a procurar, como o mar, que abraça sua praia, porque, sem ela, ele não existiria.

Ficamos em silêncio sob aquele céu que nos observa e que não se sabe o que pensa de nós.

Há noites em que mal se vê uma estrela, mas, quando se está apaixonado, se veem muitas. É como aquele que se embebeda e enxerga duplicado... Esta noite veem-se pencas e pencas de estrelas.

– Carlo, e as estrelas, quantas são?

Ele pega meu dedo e o aponta para o céu.

– Uma, duas, três, quatro...

Quando se encontra o amor, é possível fazer tudo, é possível até contar as estrelas. E aquele céu não parece estar mais tão longe e nem ser assim tão adverso...

São 351.

Milla está dormindo em seu bercinho ao lado da minha cama.

Eu me aproximo e toco seu rosto com um dedo, apenas um dedo, porque uma mão inteira é grande demais para ela, porque sua pele é tão macia que dá medo de estragá-la com um afago inteiro. Então é melhor usar um dedo e fazer um meio afago.

Como você é bonita, Milla! Ouviu sua historinha e dormiu. Durma tranquila.

Nas suas historinhas, as princesas não fogem, as bruxas são sempre apanhadas, os cavaleiros sempre convidam para os bailes e os castelos são enormes...

Esta noite, eu queria estar nos seus sonhos, dormir junto com você, naquele bercinho que não aguenta mais o meu peso. Durma...

Se um dia o mundo te disser que o amor tem pressa e se faz nos motéis, que os castelos não existem, que as bruxas são belas e vencem, que os cavaleiros não sabem amar na frente dos outros, não acredite. Durma tranquila.

Esse mundo só quer te assustar.

Suas historinhas são verdadeiras, Milla!

Me dê um pouquinho de espaço nos seus sonhos.

Esta noite eu sou pequena como você.

É MEIO-DIA.

Pego o pacote de biscoitos do armário e o coloco sobre a mesa. Tiro a caixa de leite da geladeira.

– Será que não tem calorias demais aí? – minha mãe me pergunta, e também se senta à mesa.

Não são demais, ontem eu eliminei um monte delas.

– Uma vez ou outra... – respondo, e sirvo o leite na xícara azul com peixinhos vermelhos desenhados e a palavra "Maldivas".

Nós a compramos há três anos, quando papai teimou que queria passar o Natal nas Maldivas. Mamãe não gostou da ideia, porque o Natal não é feito de sol, *surf* e roupas de banho. Então o papai comprou uma árvore de Natal de bolso, assim ela podia colocá-la na mala e levá-la consigo.

O que foi feito daquela família?

Não sei, mas a xícara ainda está aqui, inteira.

É triste quando os objetos duram mais do que as pessoas.

Abro o pacote de biscoitos, escolho os que têm mais gotas de chocolate. No final, decido pelos Baiochi, um clássico.

O celular toca: *Carolina*.

Eu gostaria de contar tudo a ela e dizer: "Você tinha razão, Carol, o corpo sabe o que fazer".

Minha mãe me olha:

– O que foi? Você não vai atender? – pergunta.

Está com os olhos brilhantes, a alergia ao rímel ainda não passou... Depois ela pega a caixa de leite e também põe um pouco no seu copo, pega os biscoitos integrais, já que não eliminou muitas calorias ontem...

Seria bom poder acabar com esses segredos e nos mostrar frágeis uma para a outra, contar as coisas e rir juntas. Parar de fechar portas e corações, de esconder os olhares úmidos e os sentimentos.

No entanto, *Carolina* ainda está piscando no *display*.

– Não vai atender? – minha mãe pergunta novamente.

– Não – não atendo à chamada, desligo o telefone.

Nos encontramos sentadas à mesma mesa, comendo do mesmo pacote de biscoitos, e nunca estivemos tão perto uma da outra.

– Ontem eu fiz amor com um rapaz.

Ela imprime cinco dedos sobre a minha bochecha.

Depois me abraça, e pergunta:

– Como foi?

Eu conto tudo e lhe devolvo as chaves que roubei.

Começam as preocupações.

– Ele te machucou?

– Não, mãe, fique tranquila. Ele fez tudo com muita calma.

E a seguir começam as curiosidades.

– Ele quem? Giorgio?

Ainda há muito para contar...

Tantos segredos acumulados nos separaram.

– Não, não foi Giorgio o primeiro. Foi o Carlo...

Me vejo falando de Giorgio, que me manteve escondida, da sua ambiguidade, das mensagens de Ludovica, da sua ex-namorada Sara, a garota dos olhos na superfície, da festa do Instituto, do Fastlove Motel, do Tibre, que de longe parece limpo, mas de perto é realmente sujo, do Malari, sua perversão e sua vingança.

Minha mãe me olha sem entender.

– Como foi que você conseguiu guardar tudo isso aí dentro? Onde foi que escondeu essas coisas?

Levanto os ombros. Não sei. Às vezes, temos mais espaço dentro de nós do que podemos acreditar. Mais espaço e mais força.

– Por que você não me contou?

Você estava dormindo...

– Você tinha coisas mais importantes para fazer – respondo.

– Não há nada mais importante do que a minha filha. No que eu tinha que pensar?

Engulo um nó na garganta e lhe digo. Chega de segredos.

– Você tinha que pensar nesta família... Porque nós vamos salvar esta família, não é verdade?

Então começa a chorar, um choro que faz barulho, porque esteve calado por muito tempo.

– Deus, como sinto a falta dele! – ela repete.

Sim, o meu pai...

– Ele vai voltar, mãe, você vai ver que sim... – e faço um carinho no rosto dela. Mas sei que ele não vai voltar mais, porque quando se fica longe por tanto tempo assim, é fácil esquecer os sabores de casa.

Depois ela vai até o quarto, apanha uma folha e coloca na minha mão. Um processo de separação.

– O advogado dele me enviou.

Basta a assinatura dela, e pronto.

Nesse instante, eu também começo a chorar.

Um abraço molhado.

– Nós somos de todo jeito uma família. Mutilada, mas uma família. Poucos, mas bons... – digo e sorrio.

Ela também sorri. Porque sua filha é tão frágil e forte ao mesmo tempo, e porque foi preciso um bom tempo para entendê-la.

Sempre vou me lembrar dela assim, com aquele sorriso molhado de lágrimas.

Quantas vezes aquela chave se afastou do molho... Quantos objetos nos espiaram, embaraçados, enquanto fazíamos amor: a cama dos meus pais, a cama dos pais dele, o meu teto, as frases escritas nas minhas paredes: Saba, Hikmèt, Merini...

Poesia morta, enquanto duas vidas tentavam se completar.

– Você não fica envergonhada?

– Envergonhada de quê?

– De fazer amor na frente de toda essa gente famosa.

E vinha mais uma vez a vontade de dar uma demonstração prática daquele amor escrito.

Tudo permaneceu como era naquelas paredes, exceto uma frase.

Mas e as estrelas, quantas são?
~~Muitas, demais~~...
351.

Quantas vezes brigamos por causa de uma música.

– Não é possível, Carlo, não temos uma música nossa para ouvir...

Mas ele não estava interessado nisso.

– Eu gosto é de ouvir a sua respiração.

– Mas todo mundo tem uma música! Eu também quero uma!

– E daí? Nós não somos todo mundo...

Quanto tempo passamos para escolher uma, para tentar decidir, *In the air tonight*, colocar no CD *player* e acabar descobrindo que é difícil amar com música tocando, porque assim nos distraímos do próprio corpo e do corpo do outro.

Depois, tentar fazer amor na praia, que Carolina em uma carta me disse que era "*incrível!*", e descobrir que é a coisa mais desconfortável do mundo, porque a areia entra por tudo e, além disso, existe sempre o medo de que alguém descubra.

"Boba, é justo o medo de ser descoberto que dá um sabor especial a tudo!", escreveu Carolina, de Barcelona. Eu continuo a preferir a cama.

Como este verão passou rápido...

Tínhamos aguentado uma semana sem nos ver. Eu em Porto Ercole, ele em Sperlonga.

Depois, o encontro de duas mentiras.

– Mãe, vou para Santa Severa com os meus colegas de classe – e pegar o trem para Roma.

– Mãe, eu vou para Roma, que a Sapienza está organizando cursos preparatórios para o exame de ingresso do curso de Medicina – porque ele quer estudar medicina, tomou gosto por me tratar... Mas onde é que fazem a preparação para os exames?

Passamos o verão assim, sob o mesmo teto, o dele.

Tinha um gosto bom aquele cotidiano partilhado.

Fazer compras de supermercado juntos, que é difícil, porque o carrinho toma direções diversas, uma vez que ele quer comer porcarias e eu só quero um pouco de salada. Tira, põe, tira, põe. É uma guerra ir ao supermercado juntos.

Depois, os telefonemas de controle, as suspeitas dos pais dele.

– Carlo, como vão os estudos?

– Muito bem, agora mesmo eu estava revisando a matéria... – e desligar o mais depressa possível, e continuar.

– Onde tínhamos parado mesmo? – ele me perguntava.

– Capítulo 8 – e eu lascava um beijo em seu sorriso.

Depois, as desconfianças da minha mãe.

– Alice, você está ficando bronzeada?

– Hummm, o tempo aqui não está grande coisa... – como se o tempo dependesse de mim e a meteorologia não existisse. Nunca passei um verão mais branca.

Depois, a universidade, e os horários diferentes.

Quanta correria para passar quinze minutos juntos, para tomar café da manhã com ele, engolindo um *croissant* apressadamente, para não perder aquele pouco tempo mastigando. Ir com ele comprar as camisas e o estetoscópio, e passar a noite brincando de médico e doente, que não sei se é muito ético, mas é divertido. E ler para ele uma poesia que foi lida nas aulas e vê-lo fugir dizendo "parei com essas coisas", como se fosse droga. E é quase isso mesmo, para mim é. Porque se eu não escrevesse para mim mesma, como é que poderia me ler?

HOJE É VINTE E OITO DE JUNHO, OUTRO VINTE E OITO DE JUNHO.

Um ano exato. Carolina voltou há alguns meses. O ar de Barcelona não a curou do Marco.

De vez em quando ela vem me dizer:

– É um canalha!

Estamos na mesma: ele é um canalha, mas ela o ama!

Marco continua o mesmo. E Carolina, como se sabe, escuta as ordens do seu coração e as obedece.

Eu e Carlo ainda estamos aqui, ainda estamos juntos.

Se o tempo corre, nós firmamos os pés no chão.

São sete horas da manhã.

A aula começa às oito e meia, mas a universidade fica longe, e levo quarenta e cinco minutos para chegar.

Subo no ônibus e me sento, não dou o meu lugar para ninguém, todo mundo tem direito a um lugar neste mundo, ainda mais se o conquistou...

Coloco os fones de ouvido e ligo o iPod. Vasco Rossi. *Senza parole.*

E guardando la televisione... mi è venuta come l'impressione... che mi stessero rubando il tempo e che tu... che tu mi rubi l'amore... ma poi ho caminnato tanto e fuori... c'era un grande sole... che non più pensato a tutte queste cose.[11]

As recordações se misturam e me lembro de Giorgio, mesmo que ele não mereça.

Gostaria de negar a ele até o meu pensamento, o meu rancor... Mas não posso. Às lembranças, só podemos nos render.

[11] Assistindo à televisão... tive a impressão... de que estivessem me roubando tempo e de que você... você me rouba o amor... mas depois andei muito e lá fora... havia um grande sol.... não pensei mais em todas essas coisas. (N. T.)

Nesse meio-tempo, Roma desliza diante dos meus olhos: os arcos, San Giovanni, Termini. Tiro os fones de ouvido, desligo o iPod e guardo na mochila. Desço no ponto final, percorro o último trecho a pé.

Hoje Carlo tem prova de Anatomia, sobre o sistema locomotor e o sistema sanguíneo; resumindo: ossos, músculos, vértebras, coração... E eu tenho a minha habitual aula de Antropologia.

Meus colegas de curso já estão ali na frente do bar, prontos para o café. Hoje é a minha vez de pagar. Pago no caixa e nos sentamos no balcão.

Um rapaz abre caminho a cotoveladas e passa na minha frente.

– Ei, que modos! – eu o persigo com a voz.

– Quatro cafés! – digo ao barista e lhe mostro o tíquete.

– Um *capuccino*! – pede o rapaz mal-educado.

Meu coração dispara.

Conheço aquela voz, muitas vezes a odiei.

Viro-me para o outro lado.

– Alice!

Meu sangue congela, faz grumos.

– Giorgio!

Dou um sorriso forçado.

Ele fala com entusiasmo:

– Sabe, na hora não percebi que era você... Não sei se por causa do cabelo... ou das roupas...

Sim, é verdade, os meus cabelos. Eu os deixei crescer até os ombros e costumo prendê-los num rabo de cavalo baixo. Carlo gosta de desmanchá-los...

Estou com uma minissaia jeans e um casaco preto meio justo, sapatos abertos e de salto.

Giorgio me olha da cabeça aos pés.

– Você mudou.

Sorrio, contente com a minha metamorfose; a lagarta virou borboleta, precisava de alguém que lhe mostrasse as asas. Mas a borboleta já estava ali, na lagarta. E ele, Giorgio, não a tinha visto, não a tinha percebido.

– Você também mudou.

– Sim, eu cresci.

Ele está com os cabelos curtos, mais arrumados, o corpo mais musculoso e maduro. Mas os olhos de piche ainda são os mesmos.

Giorgio fala do seu curso na universidade.

Penso que Direito é um ótimo curso para ele, porque ele sabe manipular as palavras muito bem, como um jogador.

Falamos de tudo e de nada.

Fazemos de conta que esquecemos aquele primeiro beijo na praça de Trevi, do segundo no Coliseu Quadrado, do terceiro, do quarto, do quinto...

Fazemos de conta. Na realidade, as lembranças estão adormecidas dentro de nós. Preferimos não despertá-las; as lembranças são como crianças, não se pode fazer barulho... Quando elas despertam, é difícil fazê-las adormecer novamente. Shh... melhor não fazer barulho.

Depois os seus sorrisos e a pergunta:

– Você está com alguém agora?

Observo seus olhos cor de piche.

– Não! – respondo, e me envergonho pela mentira. – E você?

– Eu não, tive uma história, mas acabou faz pouco tempo.

É verdade, as histórias de Giorgio sempre terminam logo.

– Mas nós dois estávamos bem juntos, não é? – ele pergunta.

Eu faço uma careta.

– Eu nem me lembro por que foi que terminamos – ele disse.

Mas eu sim, tenho tudo isso muito vivo na minha memória.

– Fui um idiota por ter deixado você ir embora...

– É mesmo, você foi realmente um idiota...

Minha aula já vai começar.

– Agora eu tenho que ir – digo.

Ele me dá um beijo no canto da boca.

Anota seu número de telefone num guardanapo do bar.

– Se estiver a fim, me ligue para nos encontrarmos... Vou te mostrar que não sou mais aquele imbecil que você conheceu.

Ele fica ali, diante de seu *capuccino*.

Eu saio do bar e vou para a sala de aula.

Pego o número de telefone dele e o faço em mil pedaços.

Não olho para trás.

"Não se vire... não se vire...", repito a mim mesma.

Porque viver é como escalar montanhas, não é bom olhar por trás dos ombros, senão há o risco de vertigens.

É preciso seguir sempre em frente, em frente, em frente... sem lamentar o que ficou para trás, porque, se ficou para trás, quer dizer que, seja lá o que fosse, não queria te acompanhar na viagem.

Porém, até aquela pedra que você não consegue ver serviu para ajudá-lo a tomar impulso na subida.

Até o Giorgio serviu para me ajudar a chegar lá em cima, a perceber o Carlo.

O celular toca dentro da minha bolsa, eu atendo sem hesitar.

– Carlo! Como foi?

– 28! – e a voz dele saltita de alegria.

Sorrio.

– Então foi bom eu ter tomado de você a matéria de Anatomia... – falo baixinho, brincando.

– Foi muito útil, mas hoje à noite vou precisar rever tudo... O coração não está bem claro para mim... – ele diz.

– Ok, então hoje à noite eu te explico novamente.

Ele vai passar para me buscar às oito.

Mas eu não vou poder lhe explicar nada, porque nem pra mim o coração está claro hoje. Porque, por um instante, meu coração quis olhar para trás e abraçar outra vez o passado.

– Te amo! – digo a ele de uma vez só.

Me agarro ainda mais àquela pedra e tomo um impulso ainda maior, para não olhar para trás, para continuar a subir.

Quero chegar ao topo, Carlo.

– Eu também – ele responde imediatamente, e sorri. – Mas por que você está me dizendo isso agora? – ele pergunta.

Não sei, Carlo.

Meu coração, de vez em quando, adoece; é a doença das lembranças. E só você pode me ajudar a sarar.

É uma terapia longa e difícil... A cura só vem quando se vive.

Eu escrevi esta história para você, Milla.

Porque, quando você tiver dezoito anos, eu já vou ter esquecido os meus e não poderei te ajudar a vivê-los. Porque o meu coração já terá abrandado, eu vou olhar você de longe; você vai sofrer por um amor que me parecerá jovem demais para ser lamentado, e eu direi: "Vamos, Milla, é bobagem...", como se eu também não tivesse chorado por um amor assim... Vou te ver sorrir sem motivo quando tiver feito amor pela primeira vez e estiver pensando que pode colocar o mundo no bolso, porque é pequeno em relação àquilo que você tem dentro de si. E eu já terei esquecido o que é sorrir sem motivo.

"Por que você está rindo?", vou te perguntar, porque ser adulto é um pouco como ser criança: sempre se quer saber os "porquês". Mas você, em vez disso, não perguntará tanto, vai amar, e só, assim, sem por quê.

Não serei honesta, porque é difícil ser honesta com as próprias lembranças. No entanto, eu fui previdente; fechei aquelas recordações no papel, nas margens de uma folha, quando ainda estavam vivas, brilhantes de tinta. Assim, você vai poder ler essas coisas escritas por uma irmã mais próxima, e vai se sentir menos só.

Esta história é para você, Milla.

Talvez, no início, ela não lhe agrade.

Talvez pareça absurda, e você não queira acreditar nela. Como é possível viver tantas emoções assim em tão pouco tempo?

Você vai descobrir, Milla, vai descobrir.

E vai entender que, aos dezoito anos, o coração dispara e corre mais rápido do que os segundos.

Bate, bate, bate... e você não vai olhar pelo olho mágico, porque aos dezoito anos se tem muita pressa e poucas suspeitas. Não vai perguntar "quem é?", vai abrir a porta e o deixará entrar. E toda vez vai perguntar ao seu coração "o que você quer?"; a resposta será sempre a mesma: "um pouco de amor".

De vez em quando, vai querer expulsá-lo do peito, lhe dirá que é idiota e vai mandá-lo procurar outro lugar. Mas, na maioria das vezes, vai fazer com que ele se ajeite, e ele lhe dará aquilo de que tem necessidade.

Mesmo quando alguém o despedaçar, e os pedaços parecerem pequenos demais para ser recolocados juntos, bastará um novo amor para que você fique curada. Porque aos dezoito anos as feridas cicatrizam logo.

Você vai descobrir, Milla, vai descobrir.

Vai entender que o tempo, esse tempo que corre e cronometra nossas vidas, que nos dá ritmo, não é assim tão veloz... Alcance-o, Milla, e cruze a linha de chegada antes dele!

Eu verei você vencer, e ficarei orgulhosa.

E, talvez, até de mim mesma.

